EL BARCO DE VAPOR

Sombra

Paloma Bordons

Premio El Barco de Vapor 2004

sm

Colección dirigida por Marinella Terzi
Imagen de cubierta: Alfonso Ruano

Impresores, 15
Urbanización Prado del Espino
28660 Boadilla del Monte (Madrid)

ISBN: 84-675-0167-7
Depósito legal: M-11226-2004
Preimpresión: Grafilia, SL
Impreso en España / *Printed in Spain*
Imprenta SM - Joaquín Turina, 39 - 28044 Madrid

1

TODAVÍA era de noche cuando el padre de Nulo le sacudió:

—Despierta, Nulo. El mercado.

Con los ojos pegados de sueño, Nulo echó a un lado el pellejo de oveja que le servía de manta. El frío de la cabaña acabó de espabilarle. Tanteó a sus pies hasta encontrar sus ropas y se apresuró a ponérselas todas, una sobre otra.

—Deja para el final el poncho roto –le advirtió su padre.

Como todos los días de mercado, Maese No parecía nervioso. Trasteaba sin necesidad por la cabaña, cojeaba más que de costumbre, chocaba con las cosas. Le costó un buen rato encender la lumbre. Por fin las llamas alumbraron la pequeña habitación, y entonces su sombra un poco encorvada empezó a bailar sobre las paredes. A Nulo le pareció que tenía de pronto media docena de padres enormes, que le hacían recomendaciones desde los muros:

—Recuérdalo. Hablar, lo justo.

—No sonrías.

—No los mires a la cara.

—No cantes.

—No te entretengas. Vuelve en cuanto hayas vendido la loza.

Apenas terminadas las gachas mal cocidas del desayuno, su padre le frotó la cara con ceniza y le encasquetó una caperuza que ocultaba sus rasgos. Luego padre e hijo envolvieron unos cuantos cacharros de barro en unas mantas. Llevaron la mercancía a la puerta y la cargaron en las alforjas de Bizco.

Bizco el borrico agitó contento la cabeza al sentir el peso sobre el lomo. Seguramente en el mercado vería a Coz, la burra con los cuartos traseros mejor puestos de todo el páramo de Sombra.

Nulo chasqueó la lengua y echó a andar.

—En marcha, compañero –dijo a Bizco.

—¡Nulo! –le llamó todavía Maese No–. ¡Espera!

Se acercó renqueando, recogió un poco de estiércol del suelo y lo frotó contra el poncho de Nulo.

—¡Padre! –protestó el chico frunciendo la nariz.

—El estiércol trae suerte –dijo Maese No.

¡Qué raro se ponía su padre los días de mercado! Mientras descendía hacia el pueblo, Nulo sentía cómo se le contagiaba la aprensión de Maese No. Se estremeció y levantó la lamparilla de aceite intentando penetrar con ella la niebla de la madrugada. Pero la niebla parecía chupar la luz, y hasta el sonido de las pisadas de Nulo y su burro. Suerte que Bizco sabía encontrar el camino en aquella nada algodonosa que les rodeaba. Tras un largo rato de marcha, la niebla empezó a desgarrarse como un trapo pasado. Entre los jirones, Nulo distinguió un puntito de luz que se movía. Luego varios. Luego muchos. Eran las lamparillas de otros que, como él, se acercaban a vender sus productos al mercado. Y una luz especialmente saltarina avanzaba en dirección contraria a las demás.

—¡Apuesto a que esa es Miaja! –exclamó Nulo señalando la luz. Ya no sentía miedo, sino excitación y alegría–. Quedamos en vernos en Cerro Negruzco. ¡Vamos, Bizco! Esta vez la vamos a ganar.

El niño y el borrico emprendieron un trotecillo ligero.

2

TAMBIÉN Miaja corría. Nulo veía su luz bamboleándose, cada vez más cerca. Luego la luz desapareció. Nulo trepó cerro arriba a toda velocidad y ¡paf!, justo cuando llegaba a la cima, se dio de narices con Miaja, que había subido por la ladera opuesta acompañada por Coz, su burra.

—¡Te gané!

—¿Qué dices? Si llevo esperándote un buen rato. Mira, hasta me he sentado a esperar de aburrida que estaba.

—Mentirosa. No te has sentado. Te he sentado yo del encontronazo.

—Encontronazo. Tú lo has dicho. Entonces tú tampoco me has ganado. Nos hemos encontrado.

—*Tú* me has encontrado a mí, que ya estaba aquí.

—Al revés, *tú* me has encontrado a mí.

—¡Yo a ti!

—Pues eso: tú a mí. Gano yo.

—¡No me líes! Gano yo.

A cada réplica, se daban un empujón. Acabaron en el suelo, riendo. Cuando llevas dos semanas esperando ver a un amigo, no puedes discutir con él en serio. También Coz y Bizco parecían contentos de verse, a juzgar por el entusiasmo con que se olisqueaban. Miaja, jugando a imitarlos, acercó su nariz a Nulo, pero enseguida la alejó disgustada.

—¡Caray, Nulo! ¡Cómo apestas hoy! –exclamó.

—Ya sabes cómo es mi padre. Me ha frotado con estiércol –explicó Nulo–. Dice que trae suerte.

—¡Suerte! ¡Ja! En el páramo no existe la suerte –gruñó Miaja.

—Anda, no te quejes, que está levantando la niebla. Y seguro que es gracias al estiércol que llevo encima. Parece que tendremos un boni... Que el día no será feo, vaya.

—¿Que no será feo? ¡Ja! –se burló

Miaja–. En Sombra no hay nada que no sea feo. ¡Mira a tu alrededor!

Miaja y Nulo miraron en torno a ellos. Estaban en un cerro gris y pelado que se elevaba sobre una estepa gris y pelada. Esa mancha casi negra era el pueblo, que despertaba. En la sombra de los muros se iban pintando ventanas anaranjadas y brotaban hilitos de humo de algunas chimeneas. Por todas partes se acercaban al pueblo lucecitas temblonas, solas o en grupos.

—¿No son...? ¿No son *no-feas* las luces? –dijo Nulo.

—Son tristes –suspiró Miaja.

Nulo no quiso rendirse. Siguió paseando la vista por el páramo de Sombra. Hasta que sus ojos tropezaron con el Bosque.

—¡El Bosque! –exclamó triunfante–. ¡No me dirás que es feo el Bosque!

—Eso no cuenta –gruñó Miaja–. El Bosque es de *ellos.*

—¡Mira la estrella de la mañana! –insistió Nulo–. ¡Esa brilla para todos! ¿A que no es fea?

—No es fea, pero es de todos –replicó esta vez Miaja.

—¡Jo! Que si es de *ellos*, que si es de todos... Yo no sé qué te pasa. Últimamente nunca estás contenta. Anda, vámonos ya para el pueblo.

Los dos niños empezaron a descender por la colina, mohínos y en silencio.

—Ya sé que no está bien... –murmuró al fin Miaja–, pero yo quiero algo bonito mío, Nulo.

—¡Miaja! ¡No digas esa palabra! Sabes que es gafe.

Nulo escupió por encima de su hombro, para conjurar la mala suerte que la palabra *bonito* podía traerles.

—Quiero algo bonito mío –prosiguió Miaja– que los demás admiren y de lo que pueda estar orgullosa.

Mientras Nulo volvía a escupir, Coz apoyó las palabras de su ama con un rebuzno. Nulo se fijó en la burra y sintió un calambrazo de ansiedad: Coz tenía el pelo limpio y brillante, las crines sedosas y recién peinadas.

—¡Tú estás loca, Miaja! ¡A quién se le ocurre acicalar así a Coz! Vamos a revolcarla un poco en el fango –propuso Nulo–. Si no, se fijarán en ella.

—¡Pues mejor! –gritó Miaja desafiante–. Estoy harta de cosas grises, feas y malolientes. La vida no sabe a nada cuando todo es feo.

—¡Miaja, no hables así! –rogó Nulo–. ¿Qué tiene de malo lo feo? Lo *otro* no es para nosotros. Lo que no es feo es cruel.

—Lo que no es feo es... ¡Bello! ¡Bello! ¡Bello! –chilló Miaja.

Nulo le tapó la boca y escupió cuatro veces por encima de su hombro. Una vez por cada *bello* y otra de propina, porque la palabra *bello* era considerada en Sombra aún más gafe que la palabra *bonito.*

Miaja intentaba liberar su boca de la mano de Nulo.

—Solo te suelto si no dices más malas palabras –gruñó Nulo–. Además, si tanto odias las cosas feas, no puedes ser mi amiga. Yo soy feo.

—¡Si soy tu amiga justo por eso! –exclamó Miaja zafándose al fin–. A tu lado, me siento como una señora del Castillo –soltó una risotada y propinó un codazo cariñoso a Nulo para que no se molestara por la broma.

Pero Nulo, más que molesto, estaba preocupado:

—¡Miaja! ¡Qué cosas dices! ¿En serio te gustaría vivir en el Castillo? ¿Pasar el resto de tu vida encerrada ahí arriba?

—No, claro que no... Pero me gustaría tanto verlo una vez... Ahí sí que debe de haber cosas hermosas. No cosas más o menos bonitas, que te hacen sonreír cuando las ves. Yo digo cosas bellas, que cuando las ves se te corta la respiración y se te erizan los pelos.

—¿Qué sabes tú? –gruñó Nulo después de escupir las veces de rigor.

—Dicen que ahí arriba nunca hace frío –continuó Miaja–. Que siempre hay luz como si fuera de día. Dicen que el agua canta en las fuentes. Que hay árboles que dan frutos desconocidos, y pájaros de unos colores que aquí ni siquiera existen. Y por lo visto los vestidos de las mujeres son aún más bonitos que las plumas de los pájaros.

—Eso nadie puede saberlo –replicó Nulo–. Nadie que haya subido al Castillo ha vuelto para contarlo. ¡Mira! ¡Ya estamos llegando! –Nulo señaló las primeras casas del pueblo–. Espero que escondas a Coz.

—¡Que sí, don aguafiestas! La voy a guardar en el establo de mi padre.

Bizco soltó un rebuzno lastimero y miró a Coz con ojos enamorados.

—Tú puedes quedarte con ella, Bizco –Miaja le palmeó el lomo riendo–. Se ve que eres un burro con buen gusto, no como tu amo.

3

CUANDO Nulo y Miaja entraron en Sombra, se pintaba en el cielo blanco un sol paliducho de invierno, que alegraba los ojos más que el cuerpo. La calle principal del pueblo estaba negra de gente y llena de bullicio. Los sombrinos, vestidos de oscuro, acarreaban sus mercancías hasta la plaza.

Miaja y Nulo avanzaban mirando a su alrededor. Y aunque miraban las mismas cosas, veían cosas distintas.

Miaja veía un montón de gente vestida con ropas sucias y oscuras. Veía una plaza mal empedrada rodeada de casas tan maltrechas que parecían apoyarse unas en otras para no caer.

Nulo en cambio se fijaba en los colores vivos de la comida en los puestos. Se fijaba en la alegría con que los sombrinos se saludaban. Se fijaba en las nubecillas de vaho que bailaban en el aire a cada saludo.

El mercado era la única ocasión de reunirse que tenían los sombrinos. Martes sí, martes no, los habitantes del páramo se acercaban al pueblo de Sombra a vender sus mercancías. Los Terrón cultivaban patatas y hortalizas. Pita Cañamona tenía gallinas. Los Tufo criaban cerdos, y ovejas Maese Borregón. Ña Ortiga recogía hierbas curativas y raíces de extravío. Maese No, el padre de Nulo, era alfarero, y panaderos los Rancio, los padres de Miaja. Muy pocos vecinos vivían en el pueblo. Cuando el mercado terminaba, cada uno se marchaba a su cabaña en el páramo o en las colinas y el pueblo quedaba casi desierto. El resto del tiempo cada familia vivía aislada dedicada a su trabajo. No es extraño, pues, que aquella mañana todos parecieran tan ansiosos de verse y de hablarse.

—¡Qué mala cara tiene usted, Ña Rancia! –sonreía una mujer a su vecina.

—Gracias. Usted tampoco se ve nada bien, Ña Cañamona –contestaba la panadera con una sonrisa parecida.

—¿Cómo va su reúma, Maese Obtuso?

—Malísimamente, Ña Ortiga.

—Cuando *ellos* se vayan, voy a darle unas hierbas que le aliviarán.

Todos los hombres en Sombra eran *maeses* y las mujeres *ñas*, pero ya habían olvidado de dónde salían esas palabras. Habrían soltado una risita incrédula si alguien les hubiera recordado que *maese* venía de maestro y *ña* de señora. *Maestro* y *Señora* se habían vuelto palabras demasiado grandes para gente tan humilde como ellos.

Nulo se dirigió a su sitio de siempre, entre el puesto de pan de los padres de Miaja y el puesto de hierbas medicinales de Ña Ortiga. Extendió una manta vieja en el suelo y empezó a disponer sobre ella los cacharros hechos por su padre: platos desiguales y no del todo redondos, ollas barrigonas y un pelín asimétricas, tapaderas que no tapaban, jarras ligeramente melladas...

A la derecha de Nulo, Miaja ayudaba a sus padres los Rancio a colocar el pan en su puesto. Había barras demasiado tostadas y hogazas un poco crudas, panecillos grisáceos y tortas irregulares chamuscadas por los bordes.

La mercancía de los otros puestos no era más atractiva. Y aunque ya llevaba un rato expuesta, nadie compraba ni vendía. Todos parecían aguardar algo. Hablaban de puesto a puesto, pero intentaban no alzar la voz. Se interrumpían para mirar con recelo alrededor y estiraban el cuello como quien aguza el oído.

Con el paso del tiempo el tono de las conversaciones fue subiendo. Rabadillo, el hijo de los Tufos, lanzó al suelo unas tabas, y varios chavales se pusieron a jugar con ellas. Hiel y Agria, las hijas de Pita Cañamona, saltaban a la comba con una cuerda vieja. Maese Terrón contó una vez más los tres chistes que sabía. Pero las risas que los celebraban se cortaron en seco. Una sombra acababa de cubrir el pueblo. Se hizo el silencio y los sombrinos miraron con temor la silueta inmensa del Castillo.

4

EL Castillo era una mole imponente construida en piedra blanca, coronada por numerosas torres altas y picudas y plagada de banderas. Se alzaba sobre un macizo de roca, y este macizo era tan alto, tan largo y tan escarpado, que nadie en Sombra había sido capaz de llegar hasta el Castillo o de atravesar al otro lado.

Se decía que más allá de la pared había una tierra mejor y más fértil, donde el sol calentaba y la vida era más fácil. Los sombrinos llamaban Quimera a esa tierra donde nunca habían podido poner los pies.

El Castillo dominaba el pueblo y todo el páramo. Se divisaba desde cualquier lugar. Nadie olvidaba nunca su presencia amenazadora. Y ahora acababa de hacerse más presente que nunca, pues esa sombra fría que cubría el mercado era la sombra del Castillo, que acababa de ocultar el sol.

La silueta del Castillo parecía tener los contornos de fuego, a causa de la luz del sol que brillaba del otro lado. Los sombrinos la miraban sobrecogidos cuando el suelo empezó a vibrar. Retumbaba cada vez más fuerte. Cascos de caballos repicaron contra los adoquines de la calle. La plaza se llenó de gritos y juramentos.

Habían llegado los Soldados.

Los Soldados del Castillo vestían uniformes de colores vivos, que cambiaban de tonalidad según la luz, como el agua de un lago. La expedición estaba encabezada por un Soldado Escarlata, vestido de rojo intenso. Bajo sus órdenes había varios Soldados Turquesa, vestidos de azul, y un puñado de Amarillos, los de menor rango. Sus cascos estaban coronados por penachos de plumas de aves que no se conocían en Sombra. ¡Y los caballos...! Cuando entraron al galope, hicieron saltar chispas de las piedras. Sus crines larguísimas ondeaban al viento, o iban trenzadas caprichosamente con cintas de colores. Más de una vez Miaja había tratado de peinarse a escondidas de la misma manera. Nunca lo había conseguido.

Como cada día de mercado, los Soldados se desparramaron por la plaza, vociferando, maldiciendo y escupiendo. Sus caballos pisoteaban puestos, comían frutas y verduras. Nadie protestaba. Los Soldados elegían la mejor mercancía y la cargaban a lomos de unas cuantas mulas que formaban parte de la expedición. No pagaban. En vez de dar las gracias, insultaban a los sombrinos por inútiles y chapuceros.

¿Inútiles? ¿Chapuceros? Digamos mejor que los sombrinos no podían arriesgarse a hacer las cosas bien: si un vendedor ofrecía buenos productos, los Soldados se los llevaban todos y le dejaban sin nada para intercambiar con sus vecinos. ¡O peor! Podía ocurrirle como al pobre Maese Pegote. Era tan hábil trabajando la arcilla, que los Soldados se lo habían llevado un día al Castillo, para que hiciera orinales de porcelana para el Señor. No se había vuelto a saber de él.

El Soldado Escarlata dejó que sus soldados esquilmaran a gusto el mercado y se dirigió al puesto de Ña Ortiga con el casco bajo el brazo. La curandera miró de reojo y con aprensión la Marca que brillaba en la frente del Escarlata. Todos los habitantes del Castillo tenían esa marca inquietante. Parecía una gota de sangre, siempre recién brotada y siempre a punto de resbalar hacia la nariz de su poseedor. Pero nunca se secaba y nunca resbalaba

—¿Este es todo el extravío que has conseguido, bruja de pacotilla?

El Escarlata increpó a Ña Ortiga y señaló despectivo un puñado de raíces retorcidas que había sobre el mostrador.

—Sepa el terrible Escarlata que el extravío es una planta muy escasa y difícil de encontrar... –se excusó Ña Ortiga sin levantar la vista.

Los sombrinos debían dirigirse a los Soldados en tercera persona, como si no estuvieran allí, y no tenían derecho a mirarlos a la cara.

—¡Ya te voy a dar, por holgazana!

El Soldado alzó su látigo, pero no se atrevió a descargarlo sobre Ña Ortiga ni sobre su puesto. Aquella mujer era la mejor recolectora de extravío del páramo, y las raíces de esa planta eran muy apreciadas en el Castillo*. Durante unos segundos, el hombre quedó en una situación poco airosa para un Escarlata, con el látigo en el aire y sin saber dónde descargar su furia. Pero vio a tiempo el vecino puesto de pan de los Rancio.

—¿No te da vergüenza, mujerzuela? –se volvió hacia Ña Rancia–. Esos panes parecen boñigas de caballo.

Hizo saltar barras, panecillos y tortas por los aires con su látigo, y quizá habría hecho saltar también a Ña Rancia si no llega a interrumpirle Miaja:

—¡No se enfade el más gallardo de los Escarlatas! –soltó de pronto la niña–. El pan que se merece está aquí, resguardado de las moscas.

Retiró un paño que había en el mostra-

---

* Los sombrinos, sin embargo, las consideraban muy peligrosas. Si una oveja las mordisqueaba por error, dejaba de reconocer su nombre y su rebaño. Olvidaba el camino a casa o, lo que venía a ser lo mismo, perdía todo interés por volver a ella, y acababa muriendo congelada.

dor y bajo él apareció una rosca de pan grande, dorada y bien cocida. El Escarlata bajó el látigo, se apoderó entre gruñidos del pan y de las raíces de extravío, y dio a sus soldados la orden de retirarse.

—Todos en casa hemos escupido en ese pan –cuchicheó Miaja en la oreja de Nulo mientras el Escarlata se alejaba–. Hasta Coz.

A Nulo se le escapó una risa.

—¿Quién osa reír aquí? –el Soldado Escarlata se dio la vuelta, iracundo.

Nadie contestó. Cayó sobre el mercado un silencio largo y angustioso. Del miedo, a Nulo se le había pegado la lengua al paladar. Cuando por fin abrió la boca para identificarse, en vez de su propia voz oyó un rebuzno.

—Sepan los bravos Soldados que nadie osó reír, sino que un burro rebuznó –se apresuró a decir Maese Terrón.

—Eso, eso, no fue risa, fue un rebuzno –corearon otros.

Era Bizco que, por sacar a su amo del aprieto, rebuznaba desde el establo de Maese Rancio. Los Soldados no tardaron en localizarlo, y lo condujeron hasta la plaza. El Escarlata lo observó complacido:

—Sucio como un puerco, pero no es mal ejemplar.

"Bizquea, Bizco, bizquea", pensó Nulo con todas sus fuerzas. Y Bizco, como si lo hubiera oído, bizqueó. Como burro no era nada tonto.

—¡Bizco! ¡Que el diablo le lleve! –el Escarlata dio un paso atrás, disgustado.

—También hemos encontrado una burra –dijo entonces un Amarillo que traía por la brida a Coz.

—¡Soberbio animal! –exclamó el Escarlata.

—Nadie se acerque a esa bestia peligrosa... –balbució ahora Miaja–. Coz tiene muy mal carácter y da unas coces tremendas.

—No se atreverá a dar coces en casa del Señor.

El Escarlata chasqueó los dedos y un Amarillos tiró de las riendas de Coz, que lo siguió oponiendo apenas resistencia. A pesar de su nombre, Coz era la burra más dócil del páramo.

Miaja se lanzó sin pensar detrás del Escarlata. Olvidando todas las reglas, le agarró de la manga roja y le suplicó de tú a tú:

—¡Déjamela, por favor! ¡No te la lleves!

—¡Aparta, mocosa insolente!

El Escarlata le dio un manotazo. Miaja cayó de espaldas al suelo, y el capuchón que le cubría la cabeza resbaló. Se oyó un murmullo de admiración enseguida contenido: la capucha escondía una melena negra y brillante, que se desparramaba ahora sobre los hombros de Miaja como si fuera líquida.

—¡Por todos los diablos del infierno! –el Soldado Escarlata dio un silbido–. ¿Qué tenemos aquí? Si esta mocosa no es tan poca cosa como parecía... Esa cabellera tuya es hermosa, ¿sabes?

Hermosa... La palabra bajó por las espaldas de todos los sombrinos como una gota de agua helada.

—¿Cuántos años tienes?

—¡Apenas once! –Ña Rancia, la madre de Miaja, se adelantó retorciéndose el delantal–. ¡Es una chiquilla!

El Soldado rozó la barbilla de Miaja, que rehuyó el contacto con un cabezazo.

—¿Cómo te llamas?

—Miaja se llama –su madre contestó por ella–. Se llama Miaja, porque es muy poca cosa.

Desde todos los puestos se elevaron voces que afirmaban lo poquísima cosa, lo escuchimizada y enfermiza que era Miaja.

—El otro día casi se la lleva una ráfaga de aire –afirmó su madre.

—No hace aire en el Castillo –repuso lacónicamente el Escarlata–. Se viene con nosotros.

—¡No!

La madre de Miaja se arrodilló ante el Escarlata y se descubrió la cabeza. Su melena era casi tan negra y llamativa como la de su hija, aunque estriada de canas.

—¡Llévame a mí, Soldado! ¡Ella es tan poca cosa! ¡Yo soy robusta! ¿Y no soy también... –tragó saliva– hermosa?

El hombre la miró con desprecio.

—¿Hermosa? La misma palabra suena ridícula en tu boca. ¿Has visto tu jeta arrugada? Aparta, mujer. Soldados, ¡en marcha! ¡Tú, Amarillo! Monta a la chica en el borrico y toma las bridas.

Cuando se apagó el galope del último caballo sobre las piedras del pueblo, Ña Rancia seguía en el suelo, inmóvil, oculta la cara por su manto de pelo.

—¿Te acuerdas de esas hierbas que me diste, Ña Ortiga? –murmuro al fin–. Miaja y yo nos lavábamos el pelo una a la otra con su jugo. Nos lo peinábamos y trenzábamos en secreto. Lo rizábamos y lo alisábamos. Ese era nuestro único lujo, nuestra felicidad pequeña... ¿Es un pecado?

Como nadie respondía, lo hizo ella misma.

—¡Ay, sí! ¡Es un pecado espantoso! ¡Un pecado de vanidad por el que he perdido a mi hija!

Nadie sabía qué decir. Ña Obtusa se acercó y acarició los cabellos de Ña Rancia con dedos torpes. No sé sabe si lo hizo por consolarla o por el gusto de tocar algo de apariencia tan suave.

5

CUANDO Nulo abrió los ojos, vio la cara ansiosa de su padre muy cerca de la suya.

—¿Cómo te encuentras, hijo?

Nulo, confuso, parpadeó varias veces sin responder y miró a su alrededor. Estaba en su casa, en su cama, pero no recordaba cómo había llegado hasta allí.

—Bizco te ha traído inconsciente, atravesado en su lomo –le dijo Maese No.

—¡Miaja! –exclamó entonces Nulo dando un brinco en la cama.

—¿Qué pasa con Miaja? –preguntó su padre reteniéndolo.

—Tengo que ir a buscarla. *Ellos* se la han llevado...

—¿Los Soldados? ¿Por qué?

—El pelo –siguió Nulo muy agitado–. Tenías que haberlo visto. Parecía el río en una noche de luna.

—¿Qué pelo? ¿Qué río? –Maese No tocó inquieto la frente ardiente de Nulo.

—¡Y todo por mi culpa! –gimió el chico–. ¿Por qué me he tenido que reír? ¿Por qué por qué por qué por qué?

Por cada por qué, Nulo se daba un puñetazo en la cabeza. Su padre le agarró las manos.

—Estás delirando, hijo. Tranquilízate.

—Nunca voy a volver a reír, padre. Pégame si me ves reír.

—¿Pero qué dices, Nulo?

—Hasta que no rescate a Miaja, no volveré a reírme. Así que lo mejor es que salga ahora mismo.

Nulo intentó levantarse de nuevo, y de nuevo su padre le retuvo.

—Espera, Nulo. Así no vas a ninguna parte. Tienes mucha fiebre. Y estás agotado. Tienes que dormir –le hizo tumbarse en la cama–. Mañana tú y yo...

—¡Mañana tú y yo vamos al Castillo! –completó Nulo sentándose–. Ya sabía que tú no eras como los otros. Los otros no han hecho nada. Han dejado que los Soldados nos robaran a Miaja. Éramos muchos... Podíamos haberlos atacado... Pero nadie me ha acompañado cuando quería perseguirlos.

—¿Perseguir a los Soldados? ¿Tú solo? –preguntó Maese No, espantado.

Sí. Nulo se había lanzado en pos de los Soldados. Y viendo que no podía luchar contra ellos, les había pedido que le subieran también al Castillo con Miaja.

Pero los Soldados habían estallado en risotadas: "¿Tú pretendes subir al Castillo?" "Pero ¿te has visto?" "Apestas. Eres deforme." "¡Lárgate o te daremos de latigazos!"

—¡Te han golpeado esos miserables! –se indignó Maese No–. ¡Te han hecho perder el conocimiento!

Nulo hizo un esfuerzo por recordar.

—No. Creo que me he golpeado yo solo, en el camino que sube al Castillo...

—¿Has ido por el Camino Prohibido? –se horrorizó Maese No.

—De noche, para que no me vieran los vigilantes –murmuró Nulo–. Pero estaba tan oscuro... He pisado en falso y... supongo que me he caído por un barranco.

Al imaginarse la caída, Maese No sintió una punzada de dolor en su pierna mala.

—Olvida eso ahora y duerme –volvió a cubrir a su hijo con el pellejo de oveja–. Ahora no podemos hacer nada. Mañana será otro día.

—Mañana...

Nulo cerró los ojos y cayó en un sueño agitado. Su padre se lo imaginó despatarrado como una marioneta en el fondo de un barranco. ¿Cómo se había salvado? ¿Y cómo se las había arreglado Bizco para traerlo de vuelta? Parecía cosa de milagro. Igual que aquella otra vez que Maese No prefería no recordar... Pero ya estaba recordándola. Y mientras, sin darse cuenta de lo que hacía, retiraba la caperuza de Nulo y le limpiaba la cara tiznada con un trapo húmedo. Hacía mucho tiempo que no miraba la cara limpia de su hijo. Se parecía cada vez más a esa otra cara...

Maese No sacudió la cabeza, espantando recuerdos dolorosos. Del fuego solo quedaban ya las cenizas. El alfarero pasó los dedos por el polvo gris y volvió a tiznar a conciencia el rostro de Nulo.

6

Miaja se abrazaba al cuello de Coz con los ojos cerrados. Cada vez hacía más frío. Las lágrimas que se le escapaban se helaban sin llegar al final de sus mejillas. Al principio la niña oía en torno a ella las voces broncas de los Soldados, que intercambiaban pullas y bromas groseras. Pero pronto los Soldados dejaron de hablar. Solo se oían las respiraciones jadeantes de las bestias y, de vez en cuando, una maldición y el chasquido de un látigo.

Ahora Coz andaba muy despacio y sus patas vacilaban a menudo. Miaja abrió un instante un ojo y vio horrorizada una pezuña de su burra que bordeaba el vacío.

Solo volvió a mirar cuando sintió que su cabeza daba vueltas y se hacía la oscuridad al otro lado de sus párpados. Se encontró entonces en el interior de un túnel de piedra iluminado con antorchas, que ascendía en rampas dispuestas en zigzag. Los cascos de las caballerías, multiplicados por el eco, repiqueteaban sobre el suelo de piedra con un ritmo monótono y casi agradable. Miaja se empezó a adormecer. Pero ¡ay!, al rato otro sonido, atronador y melodioso a la vez, la hizo botar sobre el lomo de Coz. Por primera vez en su vida, la niña escuchaba una trompeta.

La trompeta anunciaba la llegada de la expedición al Castillo. Las tinieblas de la última rampa del túnel se aclararon súbitamente, y Coz y Miaja emergieron en el centro de un gran patio. Sobre sus cabezas, el cielo parecía arder. Miaja lo miró, entre espantada y maravillada. Tampoco antes había visto un crepúsculo, porque el macizo de roca que limitaba Sombra por el oeste ocultaba las puestas de sol.

Mientras Miaja contemplaba el cielo, sobre la boca del túnel, que se abría en el suelo del patio, se fue cerrando una gran puerta de madera, accionada por una soga y unas poleas. Cuando la puerta se cerró del todo, lo hizo con tal estrépito que Coz se espantó y Miaja fue a dar con sus huesos en el suelo.

Se preparó a escuchar las risotadas de los Soldados, pero en su lugar oyó una voz cortés y engolada:

—Permítame Su Hermosura que la ayude y me presente. Soy el Chambelán de los Altos Chanclos.

El personaje tendió a Miaja una mano enguantada y la ayudó a levantarse. Era altísimo e iba vestido de una manera magnífica y chocante al mismo tiempo. A modo de saludo, o quizá por impresionar a Miaja, abrió los brazos, y la larga capa que llevaba se extendió a su espalda reflejando la luz del sol.

El Chambelán pidió a la niña que le siguiera, y echó a andar ante ella. Tan solemne personaje caminaba con pasitos cortos y ridículos, que resonaban ¡potocloc! ¡potocloc! en los adoquines. Miaja no tardó en atisbar la razón de estos andares, a medias oculta por los faldones de la capa: el Chambelán caminaba subido sobre unos chanclos con una plataforma de madera de dos palmos de alto. Por primera vez desde su rapto, Miaja esbozó una sonrisa. Pero se le borró enseguida.

Después de un largo recorrido por un entresijo de patios, galerías, salas y corredores, el Chambelán y la niña llegaron a un patio redondo. Lo cruzaban paseos de grava bordeados por plantas en flor que desprendían un olor mareante y dulzón. Empezaba a caer la noche y el patio estaba alumbrado por farolillos de colores. Se oían los cantos de pájaros invisibles. El agua bailaba en varias fuentes. Y cantaba, tal y como le habían dicho. Más que eso: además de cantar, murmuraba y se reía... ¿Se reía? No. No era el agua. Eran voces humanas. Miaja alzó la cabeza y vio que las galerías que rodeaban el patio se habían llenado de mujeres. La miraban, la señalaban, cuchicheaban excitadas:

—¿Habéis visto? ¡El Chambelán trae a una!

—¡No es más que una niña!

—Debe de ser para el sótano. Es poca cosa.

—Pero ese pelo... Justo como al Señor le gusta. Como poco la suben al primero.

—¡Espero que no te equivoques!

—Me apuesto una mascada de extravío.

—Hecho.

El Chambelán cruzó el patio y se dirigió a una escalera de caracol que subía por el exterior hasta las galerías. Miaja le seguía, pero se detuvo al pie de la escalera al oír voces también a sus pies. Vio asombrada que en la pared, casi a nivel del suelo, se abría un ventanuco enrejado. Docenas de ojos expectantes la contemplaban desde allí.

—Que no se detenga su Hermosura –dijo el Chambelán.

Miaja subió los primeros peldaños.

—¿Qué te he dicho? ¡No era para el sótano! –gruñó una de las voces subterráneas–. Venga esa mascada.

A la altura del primer piso había una reja con un gran candado. Cuando Miaja y el Chambelán llegaron a él, un montón de mujeres se agolparon curiosas del otro lado, entre revolotear de faldas, voces y empujones.

—¡Viene aquí!

—¡Ya llega!

Pero el Chambelán de los Altos Chanclos

siguió ascendiendo sin mirarlas siquiera, ocupado en no caerse de sus chancletas.

La verja de acceso al segundo piso era dorada. Las rejas se ondulaban y se enroscaban entre sí como ramas de árboles caprichosos, y estaban coronadas por flores fantásticas. El candado era también una preciosa flor de oro. Pero rechinó de forma desagradable cuando el Chambelán lo abrió con una llave tan dorada como el resto.

Unas cuantas mujeres se acercaron con andares lánguidos hasta la puerta.

—Buenas noches tengan sus Hermosuras –dijo el Chambelán inclinándose y agitando su capa de murciélago elegante.

Con un gesto, invitó a Miaja a cruzar el umbral. Luego, con rapidez de prestidigitador, cerró la verja y el candado tras ella.

—¿Quién es esta? ¿Qué hace aquí? –protestaron varias mujeres.

—El Señor desea que se convierta en una Dama –repuso el Chambelán.

Se armó un revuelo entre las mujeres.

—Pero si ella se queda, ¿quién se va? –preguntó nerviosa una de ellas.

—Eso, ¿quién? –corearon varias.

—No se inquieten antes de tiempo las Damas –el Chambelán trató de apaciguarlas–. Ella no es Dama todavía. Cuando lo sea, el Señor decidirá.

El Chambelán volvió a saludar y a extender su capa y luego desapareció, potocloc potocloc, escaleras abajo. No tardó en oírse un estruendo terminado en una maldición. El pobre había hecho rodando el último tramo.

Las mujeres se acercaron lentamente a Miaja, arrastrando las colas de sus trajes con la elegancia de animales salvajes. Una mezcla de perfumes inundó las narices de la niña, que miraba extasiada, cohibida y un poco mareada a su alrededor. Nunca había visto vestidos tan extraños, ni tan bellos y vaporosos. Nunca había visto ojos tan grandes, ni cinturas tan pequeñas, ni pestañas tan largas, ni narices tan cortas, ni pieles tan blancas, ni bocas tan rojas, ni peinados tan imposibles...

—Apartaos –ordenó entonces una voz autoritaria.

Las mujeres abrieron paso a otra Dama, que llevaba un vestido de color rojo sangre y parecía si cabe más hermosa y más irreal que las demás. Se acercó a Miaja, la examinó de arriba abajo y por fin exclamó, con un mohín de desprecio:

—¿Y de esto vamos a hacer una Dama? Más fácil sería sacar zumo de una piedra.

Las demás se echaron a reír, dejando ver hileras y más hileras de dientes blancos. Su risa era desagradable como el graznido de los cuervos del páramo.

Aquella noche Miaja durmió en un colchón de plumas de ganso, tan mullido que por dos veces se despertó sobresaltada, pensando que estaba sobre una nube que se abría bajo su peso y la dejaba caer en el vacío.

7

NULO se despertó más tarde que de costumbre. Tenía sed, hambre, los huesos doloridos y la sensación de haber olvidado un asunto urgente.

"¡Miaja!", se dijo entonces. Y sintió que el aire pesaba sobre su cabeza.

—¡Padre! –saltó de la cama–. ¡Tenemos que ir a buscar a Miaja!

Su padre estaba ante el torno, con las manos hundidas en una pella de arcilla. Miró tristemente a Nulo meneando la cabeza.

—Hijo, no hay nada que podamos hacer por Miaja.

—¿Cómo que no? Ayer dijiste que me ayudarías.

—Ayer estabas trastornado, tu cabeza no podía razonar.

—¿Razonar? –gritó Nulo–. ¡No tengo que razonar! ¡Tengo que ir!

—Nulo, hijo, sabes bien que no podemos nada contra la gente del Castillo. Tenemos que aceptar sus fechorías como se acepta un rayo o una enfermedad.

Tendió hacia Nulo una mano llena de arcilla, que el chico rechazó con brusquedad.

—Hazme caso, hijo, y olvida a Miaja –insistió Maese No–. Buscando salvarla, puedes perdernos a todos nosotros. Ya sabes lo que pasa cuando el Señor se enfada.

En el páramo todo el mundo vivía pendiente del humor del Señor del Castillo. Para saber si el Señor estaba enfadado, bastaba mirar el único río que cruzaba la comarca. Cuando el Señor estaba tranquilo, el río bajaba limpio, y con un caudal modesto pero suficiente. Cuando algo le molestaba, el río se convertía en un hilo de agua, o se volvía sucio y turbulento. Si el enfado del Señor se hacía cólera, el río podía secarse por completo o, por el contrario, inundar el páramo. Un tal Maese Apocado fue sorprendido una vez por los Soldados intentando encontrar el acceso al Castillo. Al día siguiente las aguas se tiñeron de rojo. De Apocado nunca se volvió a saber. Otra vez Ña Arsenia, queriendo o sin querer, hizo llegar al Señor empanadillas en mal estado. Al día siguiente las aguas bajaron envenenadas y apestando a podrido.

De aquel río venía toda el agua de que disponía el páramo. Porque en Sombra, aunque el cielo estaba casi siempre cubierto, apenas llovía un par de veces al año. El río nacía arriba, cerca del Castillo, donde la lluvia y la nieve eran abundantes. Pero el agua, en vez de bajar libremente hacia el páramo, tenía que someterse a los caprichos del Señor. Sus Ingenieros habían construido un complicado sistema de canales y diques y un gran embalse en la cima de la montaña, de manera que era él quien decidía cómo y cuándo bajaba el agua. Últimamente, el agua bajaba tranquila. A fuerza de castigos, los sombrinos se habían convertido en un pueblo dócil.

Pero aquella mañana Nulo no se sentía dócil. Se sentía rebelde. Salió de la cabaña furioso y se dedicó a tirar piedras contra el páramo desnudo. ¿Que su padre no quería acompañarle al Castillo? Pues subiría él solo. La cuestión era... ¿Cómo subiría? No había encontrado la respuesta cuando su padre le interrumpió con otros asuntos:

—¡Nulo! ¿No tienes hambre?

—¡No! –gruñó hosco el chico.

—No mientas. Oigo tu tripa sonar desde aquí –intentó bromear Maese No–. En la despensa quedan tres patatas, pero no hay leña para cocinarlas.

Nulo recordó que no había traído nada de comer del mercado. Y aunque estuviera mal tener hambre mientras la pobre Miaja estaba en el Castillo, qué diantres, Nulo tenía un hambre de lobo.

—También necesito combustible para hornear una remesa de cacharros –añadió Maese No desde la cabaña–. He de trabajar duro para reponer los que se... se malograron ayer.

Nulo sintió que le ardía la cara. Él mismo había hecho con la vajilla lo que no pudo hacer con los Soldados: la había estrellado contra el suelo en un ataque de furia.

—Apresúrate con la leña, hijo. Tengo los dedos tiesos como tarugos y no puedo trabajar. Y... bueno, yo también me comería de buena gana una patata asada.

Así son las cosas. Lo urgente va antes que lo importante. A Nulo se le fue toda la mañana buscando con qué hacer fuego.

Conseguir combustible para cocinar y calentarse era la principal tarea de los niños de Sombra. Y no era moco de pavo la faena: en el páramo apenas crecían más árboles que los del bosque, y este era propiedad del Señor del Castillo. Los niños se pasaban largas horas juntando todo lo que pudiera arder. Tiempo tenían mucho, porque en Sombra no había escuela. Cada niño aprendía en casa el oficio de sus padres. Pero lo aprendía solo regular, por si acaso. Un artesano demasiado hábil corría el riesgo de acabar sus días en el Castillo.

Nulo no tuvo suerte aquella mañana: no encontró en el páramo ni un matorral seco, ni una rama, ni un rastrojo, ni una boñiga de animal para alimentar el fuego. Por eso, de mala gana, acabó dirigiéndose al Bosque.

Mucho antes de llegar, Nulo empezó a escuchar el ruido de las hachas, los gritos de los hombres y el desplomarse de los árboles.

Todos los hombres de Sombra estaban obligados a trabajar varias horas al día como leñadores para el Castillo. Cortaban troncos, los cargaban en carretas y guiaban a los bueyes penosamente, sendero arriba, hasta un lugar donde la pared de roca se hacía demasiado abrupta para el paso de las carretas. Allí los troncos eran izados con poleas hasta las murallas del Castillo. No era raro que un tronco cayera, machacando una pierna o un cráneo.

Nulo vio a Maese Rancio, el padre de Miaja, que salía del Bosque conduciendo una carreta cargada. Tenía en los ojos enrojecidos la misma mirada apagada que los bueyes que tiraban de la carreta.

"¡Está aquí! Trabajando sin rechistar para los que le han robado a su hija", se dijo Nulo asombrado y apenado.

Al ver la carreta, un puñado de chicos se precipitó hacia ella. Los niños tenían prohibido entrar en el Bosque. Se apostaban en el sendero que llevaba al Castillo, esperando que alguna rama desgajada cayera de los carros al suelo. Cuando ocurría, se precipitaban en tropel sobre ella y se la disputaban como perros que pelean por un trozo de carne. Esto divertía a los Soldados que vigilaban el trabajo en el Bosque. A veces ellos mismos arrojaban ramas al suelo para provocar las disputas, y apostaban por su favorito.

Nulo había luchado otras veces por obtener una rama. Pero aquella mañana se alejó asqueado y con el estómago revuelto, todo lo revuelto que puede estar un estómago vacío.

Esa sensación de asco y disgusto no le abandonó en los siguientes días.

“Miaja tenía razón”, se decía. “Todo es feo y triste en Sombra. Empezando por nosotros, que lo aguantamos”.

8

NULO no volvió a hablar de Miaja con su padre, ni con nadie más. Tampoco hablaba mucho de otras cosas. Cumplió su promesa de no volver a reír. Se volvió triste y taciturno.

Antes Maese No y Nulo entretenían las largas veladas de invierno con canciones y cuentos. Maese No era mucho mejor contando cuentos que trabajando la arcilla. Atizaba el fuego y se lanzaba a inventar historias. Y las ilustraba proyectando sombras chinescas en las paredes de la cabaña. Sabía transformar sus manos en un pájaro que volaba por la habitación, y el pájaro en un árbol mecido por el viento, y el árbol en una culebra que abría una boca enorme para comerse a Nulo. Y si además de sus manos utilizaba otros accesorios (palos, ropa, cacharros, la monda de una patata...),

Maese No era capaz de colar el mundo entero en su cabaña.

Otras veces era Nulo el que inventaba la historia, según lo que le sugerían las sombras proyectadas por Maese Nulo:

—Una nube... Una nube que llueve... Hace crecer una flor... ¡Una flor con piernas! Se va de paseo... Se encuentra con una oveja...

Pero ahora, cuando su padre empezaba este juego, Nulo callaba.

—¿Qué ves, Nulo? –preguntaba su padre, impaciente.

—Nada. No veo nada.

Nulo mentía. Estaba viendo en las sombras un Soldado Escarlata que vociferaba, o una torre del Castillo, o a Miaja con el pelo ondeando al viento, o el zigzag del Camino Prohibido... Porque todo cuanto veía le hacía pensar en su propósito secreto: subir cuanto antes al Castillo.

Pero ¿cómo subir? La pared rocosa en la que se alzaba el Castillo parecía inaccesible. Se decía que el Señor era brujo, y solo sus poderes maléficos permitían que los Soldados bajaran y subieran. ¡Y pensar que él había querido hacerlo en la oscuridad!

Tampoco era mejor idea seguir a los Soldados a la luz del día. El Camino Prohibido estaba continuamente custodiado. Si los Soldados lo sorprendían, como sorprendieron en su día al pobre Maese Apocado, todo el pueblo sería castigado. Nulo se imaginaba con un escalofrío el río teñido de rojo.

Estaba claro entonces que solo podía subir si los Soldados decidían subirle. ¡Ay! Si él fuera fuerte... Si fuera lo bastante fuerte, llamaría la atención de los Soldados y le reclutarían para ser uno de ellos. Pero Nulo era debilucho.

Si al menos fuera guapo... Los Soldados se llevaban a los chicos guapos para que trabajaran como pajes en el Castillo. Pero Nulo era feo, casi grotesco. Una cicatriz cruzaba su frente y le deformaba la cara. Nulo tocaba a menudo el costurón de la cicatriz pero verla, lo que se dice verla, nunca la había visto. No había espejos en Sombra. Cuando su cara se reflejaba en un pozo o un remanso del río, siempre llevaba puesta la caperuza, y el rostro manchado de barro y ceniza. Alguna vez que su padre le había sorprendido espiando su reflejo, se había apresurado a menear el agua diciendo:

—No te atormentes, Nulo. No eres nada feo por dentro.

Hasta entonces Nulo no se había atormentado. La fealdad en Sombra era una ventaja. Pero de pronto le dolía y le pesaba. Y la encontraba por todas partes, no solo en sí mismo. Miraba a su alrededor y todo le parecía gris y mediocre, como Miaja lo había visto un día. ¿Y si después de todo fuera mejor vivir en el Castillo? Nulo sentía crecer las ganas de penetrar en ese lugar prohibido que le atraía y le repelía a la vez.

"No valgo nada. Soy feo, soy débil", se dijo Nulo un día que meditaba en Cerro Negruzco. "Si al menos supiera hacer algo valioso para la gente del Castillo... Entonces los Soldados me llevarían allí. Tengo que aprender a hacer algo... hermoso. Eso es, hermoso..."

Y gritó *¡hermoso!* varias veces en voz muy

alta, como si desafiara al destino, sin escupir después por encima del hombro.

Esa misma tarde pidió a su padre que le enseñara a manejar el torno de alfarero.

Su padre aceptó con entusiasmo. Le alegró ver que el chico salía de su apatía para interesarse por algo nuevo. Se dijo que empezaba a olvidar a Miaja.

Al principio el barro no obedecía a los dedos torpones de Nulo, la pierna le dolía de hacer girar el torno. Nulo siguió insistiendo. Hasta que un día logró hacer una jarra de la que se sintió orgulloso. Su padre la vio, paró el torno y espachurró el barro aún blando meneando la cabeza.

—No estás dotado para el torno, Nulo. Prefiero que sigas buscando la arcilla y la leña.

9

LAS Damas refunfuñaron, pero no tuvieron más remedio que hacerse cargo de Miaja, puesto que así lo había ordenado el Señor. Al día siguiente de su llegada la lavaron en un baño de esencia de rosas, se rieron de su cuerpo flacucho y le hicieron tragar bastante agua, con la excusa de que debía quedar bien limpia. Miaja, que no había tomado un baño en su vida, veía aterrorizada como se le arrugaban las yemas de los dedos.

—Por favor, sacadme de aquí –rogaba–. ¡Tanta agua me está haciendo vieja de golpe!

Aún mareada por la esencia de rosas, fue llevada a las habitaciones de la Dama principal, Elegida. Allí las mujeres la metieron y sacaron de un montón de ricos vestidos. Pero todos resultaban demasiado grandes para ella, y un nuevo motivo de risas y burlas para las Damas.

Dama Elegida miraba la escena desganadamente desde su cama, recostada en un montón de almohadones bordados. De vez en cuando daba una chupada a una pipa muy larga y estrecha, y expulsaba el humo lánguidamente, formando anillos rosados que se enlazaban entre sí en el aire. Una cadena de anillos fue a enroscarse en el cuello de Miaja, como un collar. Al respirar el olor dulzón del humo, la niña sintió que le invadía un sopor bastante agradable. Pero apenas entornó los párpados, las demás la rodearon olisqueando los anillos con ansia. El collar de humo desapareció en un momento, inhalado por las narices de las Damas.

Elegida dio un par de palmadas.

—¡Apartaos, ansiosas! Tú, Pitiminí, encárgate de arreglar ese traje para la niña.

—Como guste la Hermosa entre las Hermosas.

La Dama Pitiminí hizo una pequeña reverencia a Elegida y una mueca a Miaja. Cogió de un costurero un acerico de alfileres dorados que empezó a clavar en el vestido, y aun de vez en cuando en el cuerpo de la niña.

—Ay –gemía apenas Miaja mordiéndose los labios.

—Huy, perdón –decía cada vez Pitiminí. Pero había una sonrisa maliciosa en sus labios, y también en los labios de las otras Damas, que se habían instalado por el suelo en grandes almohadones y la miraban hacer peinándose unas a otras los cabellos o tañendo sin ganas algún instrumento.

Miaja sintió cómo los ojos se le llenaban de lágrimas de dolor. Dolor por los pinchazos y por la maldad estúpida de aquellas mujeres. Seguramente a ellas les gustaría verla llorar. ¡Ja! Pues se iban a quedar con las ganas. Miaja se mordió los labios y en ese momento Pitiminí se quejó con voz plañidera:

—Oh, Dama Elegida, bella entre las bellas. Lloran mis lindos ojos, sangran mis blancos dedos. ¿No podría subir una Mujer para continuar este ingrato trabajo?

—Sea –concedió la bella entre las bellas

reprimiendo un bostezo–. Haz llamar a Ida. Tiene buena mano para la costura.

La tal Ida era una mujer menuda, de rostro arrugado y ojeroso, con el pelo canoso y mal peinado. Vestía un traje sobrio y no muy bien cortado, todo lleno de bolsillos. Cuando se puso a trajinar en torno a Miaja, la niña contuvo la respiración, esperando nuevos pinchazos. Pero no hubo más. Las manos de la Mujer eran hábiles y rápidas. Las Damas que antes miraban la labor de costura perdieron interés por el espectáculo. Dama Melosa fue a acodarse en la galería que daba al patio.

—¡Mirad! –llamó a las otras.

Todas las Damas se acercaron al balcón y contemplaron un pájaro que parecía estrellarse una y otra vez contra el cielo en lo alto del patio.

—Pobre –murmuró Ida sin dejar de trabajar–. Morirá si no deja de intentarlo. Debe de ser muy joven.

—¿Por qué no puede escapar? –se sorprendió Miaja–. Se diría que el aire está duro allí arriba.

Ida le explicó que el patio estaba cubierto por una cúpula de cristal. Y también tuvo que explicarle lo que era el cristal.

—Ni los pájaros salen de aquí –dijo la Mujer.

Y sin previo aviso, las lágrimas que Miaja había contenido tanto rato empezaron a desfilar por sus mejillas.

—¡No llore la damita! –susurró Ida–. Las Damas no deben llorar. Se les hinchan los ojos, se les corre la pintura. Y eso siempre es un riesgo para quien quiere ser la más bella.

—Yo no quiero ser la más bella –musitó Miaja–. Quiero irme a casa.

—Olvida eso, niña. El Señor ha decidido que seas una Dama. Así que tu obligación es ser bella. Y además, es el mejor destino que puede tener una mujer aquí. Tendrás una vida fácil. No trabajarás. Serás una mujer del Señor... mientras tu belleza dure.

—¿Y luego? –preguntó Miaja.

—Luego dejarás de ser Dama. Serás Mujer a secas, como yo. Te bajarán al primer piso. Te darán como mujer a algún Soldado. Empezarás a trabajar al servicio de las Damas. Pero nunca te encomendarán tareas muy pesadas. Esas son para las Sirvientas, las que viven en el sótano.

—¿No podría bajar ya al primer piso contigo? –suplicó Miaja–. Estoy acostumbrada a trabajar. ¡Llévame, por favor! Esas Damas son mala gente. Me hacen sufrir.

—Te tienen miedo –murmuró Ida después de asegurarse de que nadie las escuchaba.

—¿A mí? –se asombró Miaja.

—Claro que sí. Eres un riesgo para ellas. No quieren que seas una Dama. Cada vez que llega una Dama nueva, una de las Damas que ya había pasa a ser Mujer. Y una Mujer se convierte en Sirvienta. Y una Sirvienta se va al Pozo Negro.

—¿Qué es el Pozo Negro?

—Nada en lo que merezca la pena pensar.

Ida le dio unas palmaditas afectuosas en la mano y le dedicó una sonrisa en la que faltaban algunos dientes. Elegida eligió ese momento para proferir un chillido de horror:

—¡Ida! –gritó a continuación–. ¡Te necesito! ¡Inmediatamente!

—¡Ya voy, ya voy, su Hermosura! –exclamó Ida poniéndose en pie. Y luego susurró al oído de Miaja–: Tengo que irme. Apuesto a que Elegida acaba de descubrirse una cana. Hazme llamar si quieres algo de mí.

"Nada en lo que merezca la pena pensar". Eso había dicho Ida. Pero en cuanto la Mujer se fue, Miaja se puso a pensar en el Pozo Negro. O, mejor dicho, sus pensamientos se asomaron a ese Pozo y empezaron a hundirse en él sin llegar nunca hasta el fondo. Casi se alegró cuando Pitiminí, con un nuevo pinchazo, la trajo de vuelta a la realidad.

10

ABSURDA. Vacía. Aburrida. Así era la vida de las Damas. Miaja no tardó ni dos días en darse cuenta.

Sus Hermosuras se acicalaban todos los días con bellos trajes y joyas. Se perfumaban, se pintaban. Cantaban, tocaban instrumentos. Bordaban, bostezaban. Comían, pero poco, pues al Señor no le gustaban las Damas entradas en carnes. Cotilleaban y se criticaban unas a otras. Se buscaban entre sí las patas de gallo y los granos. Jugaban a la loto, al parchís y a la oca. El Señor no admitía juegos que estimularan demasiado la inteligencia. De todos modos, jugaran a lo que jugaran, siempre ganaba Dama Elegida.

Un día, Miaja se comió la última ficha de Elegida cuando jugaban al parchís. Terrible error. Las demás Damas aseguraron entre aspavientos que la niña había hecho trampas. La echaron de la partida.

Miaja se quedó en un rincón, tiesa de rabia, repitiendo en voz baja:

—No he hecho trampas. He sacado un cinco. No he hecho trampas. He sacado un...

—Apréndete esto –murmuró la voz de Ida a su espalda–. Nunca hay que ganar a Dama Elegida.

—¿Y eso por qué? –gruñó Miaja.

—Porque Elegida es la elegida –replicó Ida.

—¿La elegida para qué?

—Es la última Dama que el Señor ha llamado a su presencia.

—Entonces... ¿Elegida ha visto al Señor? –preguntó Miaja, súbitamente interesada.

—Posiblemente.

—Y yo... ¿Lo veré alguna vez? –preguntó la niña.

—Si eres la elegida...

—¿Tú lo has visto, Ida?

—No sé... –a Ida le temblaron los labios–. No me acuerdo.

—¿Cómo que no te acuerdas? Si no te acuerdas, es que no lo has visto.

—No me acuerdo de haberlo visto... Pero tampoco me acuerdo de *no* haberlo visto –replicó Ida misteriosamente.

—Bah, déjate de pamplinas –Miaja se enfadó–. No lo has visto y quieres hacerte la interesante.

—Sí, posiblemente sea eso –aceptó Ida con su habitual mansedumbre.

Un tintinear de campanillas puso fin a la conversación.

Las campanillas indicaban que la puerta de la galería de las Damas estaba abierta, y que estas podían salir al patio. Salían a horas fijas y siempre en el mismo orden: Dama Elegida primero, las demás después. Todas esperaban ese momento con impaciencia, pero normalmente disfrazaban las prisas con andares solemnes y rostros impasibles.

Sin embargo, aquel día no fueron capaces de disimular. Se lanzaron hacia la salida con tanto atropello, que la taponaron con sus enormes faldas abullonadas.

—¿Qué mosca les ha picado? –preguntó Miaja a Ida.

—Nada, que Elegida lleva el salerito –respondió Ida.

No pudo quedarse a dar más explicaciones: las Damas amontonadas en la puerta la llamaban a voces para que fuera a desatascarlas.

Una vez en el patio, en vez de pasear a su aire como solían, las Damas formaron un cortejo detrás de Elegida. La primera Dama fumaba su larga pipa y dibujaba arabescos en el aire. Las demás revoloteaban alrededor dándole coba, ofreciéndole flores, haciéndole mil zalamerías... y estornudando. Estornudaban por turno y sin pausa. Una salva continua de *atchises* resonaba en el patio y espantaba a los pájaros.

Miaja estaba perpleja. Y sin Ida al lado para resolver sus dudas, porque a aquella hora todas las Mujeres se encontraban preparando la mesa para la comida. Decidió trepar a uno de aquellos árboles que las Damas llamaban abulio para observar mejor la escena. Desde allí vio que Elegida tenía un dimimuto salero de cristal en la mano.

En ese momento lo alzó, y todas las Damas intentaron abrirse paso a codazos, al tiempo que tendían las manos hacia ella y suplicaban con voces lastimeras:

—¡Por favor, Dama Elegida, Bella entre las bellas!

—¡Yo he rellenado esta mañana el almohadón de plumas de su Hermosura!

—¡Acuérdese su Hermosura de Dulcimiel, que tan bien le sirve!

Elegida miró altiva a su alrededor y sacudió el salerito un instante sobre una palma extendida. Mullidita resultó ser la dueña de esa mano. Se la acercó a la nariz, inspiró y... ¡atchis!, soltó un estornudo tan formidable que quedó sentada en el suelo, fuera del corro.

—¿Aspiráis sal por la nariz? –le preguntó Miaja desde el árbol, intrigada.

—No es sal –jadeó Mullidita. Parecía agotada a fuerza de estornudar–. Son polvos de extravío.

—Ña Ortiga dice que el extravío es veneno –dijo Miaja.

—¿Qué dices? Si es lo mejor que existe –repuso Mullidita entre sorbetones.

—¿Para qué sirve?

—Te hace olvidar. Te hace sentirte a gusto, despreocupada, lánguida, agradablemente cansada... -se dejó caer en la hierba, sonriendo-. ¿No quieres probarlo? ¡Ay, no! -se enderezó bruscamente-. No creo que puedas. Tú no eres todavía una Dama.

—¿Y qué? -saltó Miaja, algo picada.

—Las que no son Damas no pueden tomar extravío en polvo -repuso Mullidita-. Tú tendrás que tomarlo en pasta. No es lo mismo, pero es mejor que nada. Claro que... Yo que tú lo haría en secreto. Mascar pasta es muy ordinario. Además, te pica los dientes y te deja un aliento fatal.

—No te preocupes por mi aliento -la interrumpió enfadada Miaja-. No pienso mascar, ni fumar, ni chupar una porquería así. ¡Mira! Hace que las personas se porten como animales.

Señaló el corro, donde se había desatado una verdadera batalla: las Damas forcejeaban, se tiraban de los pelos, se daban patadas, todo por acercarse al salerito de extravío.

—¡Qué desagradable! –Miaja arrugó la nariz.

—Bah –replicó indiferente Mullidita–. No te lo parecerá tanto cuando empieces a tomar extravío. Es lo bueno que tiene: cuando tomas extravío, todo te parece bien.

—¡Yo no quiero que nada de aquí me parezca bien! –Miaja saltó del abulio, rabiosa, y se hizo un desgarrón en el vestido.

—Pst... Peor para ti –replicó Mullidita. Parecía haber recuperado las fuerzas. Se puso en pie de un salto y se fue trotando a internarse a codazos en el corro de mujeres.

11

El extravío, el extravío... ¡Dale con el extravío! Miaja se dio cuenta de que el extravío era un elemento muy importante en la vida del Castillo. Por eso decidió aprender más cosas sobre él.

Ida le habló del Alquimista, un sabio al servicio del Señor que había estudiado las propiedades de las raíces de extravío y había inventado la fórmula para obtener el polvo que ahora todos codiciaban.

El Alquimista empezó a fabricar los polvos en un laboratorio secreto que estaba y no estaba en el Castillo. Me explico: era fácil ubicar el laboratorio desde cualquier patio, porque un penacho de humo de olor dulzón y colores cambiantes salía noche y día de su chimenea. Sin embargo, era imposible llegar a él. No había galería ni escalera, ni corredor ni puerta que desembocara allí. En cuanto al Alquimista, al poco de empezar la producción de polvo se le dejó de ver. Algunos pensaban que el Señor lo había eliminado para que no divulgara la fórmula secreta. Otros pensaban que vivía encerrado en la Torre, trabajando para él.

De vez en cuando, no se sabe por qué camino, una carreta de raíces de extravío entraba en el laboratorio. Allí, el Alquimista (decían algunos), o su fantasma (decían otros), o el propio Señor (decían los de más allá), procesaba las raíces. El resultado era un puñado de polvos de extravío, apenas suficiente para llenar el salerito de Dama Elegida.

Elegida, los Chambelanes, los Soldados Escarlata y el Ingeniero Mayor tenían siempre un salerito de extravío a su disposición. Mezclaban los polvos con hojas de abulio, y fumaban la mezcla en sus largas pipas. Cuanto más larga la pipa, más importante era quien la fumaba. De vez en cuando, según su capricho, los fumadores repartían un pellizco de extravío a quienes estaban a su servicio directo, que se lo disputaban a tortazos. Aquellos saleritos y aquellas pipas eran la envidia de todo el Castillo.

Tras el procesado de las raíces, quedaba en el laboratorio una especie de pasta grisácea de sabor amargo. Al principio esta pasta era enviada al Pozo Negro, con la basura del Castillo. Hasta que el Señor encontró para ella un uso mucho mejor: los que no tenían derecho a fumar o a aspirar polvo empezaron a recibir en ocasiones especiales pegotes de la pasta, y la mascaban incansablemente, durante horas y a veces días. La mascaban las Mujeres y las Sirvientas, los Soldados Amarillos y los Fogoneros, los Artesanos y los Jardineros... No era comparable al polvo de extravío, pero recordaba a él en algunas cosas: también tranquilizaba y relajaba, además de quitar el apetito. Y en lo de hacer olvidar, superaba incluso al polvo: el polvo hacía distraído y olvidadizo a quien lo consumía sólo mientras duraba su efecto. La pasta en cambio borraba para siempre de la mente ciertos recuerdos, como al azar.

El Señor lograba su poder enfrentando a los habitantes del Castillo, azuzando las envidias entre ellos y repartiendo con astucia, que no con justicia, los polvos y la pasta de extravío. Y todo esto lo hacía sin ser visto. Solo las personas de mayor rango gozaban de vez en cuando de su presencia, pero siempre de una en una.

El Señor otorgaba recompensas a quienes le servían bien. Pero lo hacía de forma que el premio de uno resultaba un castigo para otro.

Si un Soldado Escarlata traía un botín especialmente jugoso, el Señor cambiaba su casco por uno de plumas más vistosas, su salerito de extravío por uno más grande, su pipa por una más larga. Las tres cosas se las arrebataba a otro Soldado Escarlata, su anterior favorito, que caía inmediatamente en desgracia.

Si un Ingeniero diseñaba un nuevo mecanismo de apertura para las compuertas del pantano, le premiaba con el salero, la pipa y las medallas del Ingeniero de al lado, que quizá los había recibido una semana antes como premio por inventar un nuevo sistema de poleas.

Tenía dos Chambelanes, que eran sus servidores más directos. Pues bien, si uno de ellos le servía con especial dedicación, lo nombraba Chambelán de los Altos Chanclos, y lo premiaba con aquellos estrafalarios zapatos de plataforma, que quitaba primero al otro. Para cualquiera en sus cabales, esos chanclos hubieran sido un castigo más que un premio. Pero en el Castillo la gente no estaba precisamente en sus cabales.

Así como hacía el Señor con los que le servían, hacían estos con sus inferiores. Los Soldados Escarlatas quitaban a un Soldado Turquesa lo que daban al otro, y estos a los Amarillos. Las Damas hacían igual con las Mujeres, y las Mujeres con las Sirvientas. La vida de cada súbdito del Castillo era una carrera por complacer a los que estaban por encima de él y pisar a los que eran sus iguales o inferiores. Porque cuantos más escalones bajara uno, más cerca se encontraba del Pozo Negro. Y cuanto más arriba subiera, más cerca estaba del Señor, del lujo, de la belleza, y de las pipas de abulio con extravío.

12

El patio y las habitaciones que tanto impresionaron a Miaja el día de su llegada ahora le resultaban odiosos. La niña, acostumbrada a los espacios abiertos del páramo, se ahogaba allí.

—¡Si al menos el patio estuviera descubierto! –se quejó un día a Ida–. Es horrible cuando se estrellan los pájaros.

—No sufras por los pájaros, linda –la tranquilizó Ida–. Solo tratan de salir un par de veces, cuando son jóvenes. Luego se aficionan a respirar el humo de la pipa de Elegida, y dejan de intentarlo.

—¿También los pájaros? –gimió Miaja.

Ida se mordió los labios.

—Así es mejor para ellos –dijo luego–. Si siguieran dándose contra el cristal, morirían de los golpes. Y si acaso lograran salir, morirían también. Afuera hace mucho frío.

—*Mejor para ellos...* –Miaja repitió las palabras de Ida–. ¿Sabes que eres increíble? Siempre sabes encontrar el lado bueno de las cosas. Siempre estás de buen humor. Te pasas el día trabajando, aguantando a esas Damas odiosas... y nunca te quejas. Si no fuera por ti, creo que no podría soportar este lugar lleno de chiflados, que no ven la realidad por culpa de esas dichosas raíces...

Miaja miró a Ida y dejó de hablar de golpe. Ida, que parecía mascar algo, paró de masticar. Un flemón se formó en su carrillo derecho.

—¡Oh, Ida! –gimió Miaja–. ¡No me digas que tú también mascas la pasta asquerosa esa!

Ida bajó la mirada.

—No suelo mascarla, mi niña –tartamudeó–. Es que esta mañana he tenido un disgustillo...

—¿Qué te ha pasado?

—Elegida se ha enfadado conmigo, porque le he manchado el vestido con el tinte para el pelo. Me ha pegado con su peine de carey hasta romperlo. Y eso la ha enfadado más todavía.

—¿Que Elegida te ha pegado? –Miaja se enfureció–. ¿Y qué derecho tiene a pegarte esa señora?

—Bueno... Las manchas de tinte no salen con nada –repuso Ida mansamente–. Debí tener más cuidado.

—¡Yo le habría devuelto el golpe! ¡Le habría hecho tragar el peine! –exclamó Miaja–. ¡Y tú le das la razón!

—No te creas, yo también he tenido ganas de hacerle tragar el peine –replicó Ida sin inmutarse–. Justamente para no hacerlo me he puesto a mascar la pasta. Ahora ya no me importa tanto lo que ha pasado esta mañana.

—¡Pues debería importarte! –gritó Miaja–. ¡Escupe esa pasta! Tú misma me dijiste ayer que era horrible. Que hace que se te caigan los dientes. Que te hace agujeros en la memoria y te borra los recuerdos para siempre...

—¿Qué más da? –Ida se encogió de hombros–. Una vez olvidados los recuerdos, no puedes echarlos de menos.

—¡No es eso lo que me dijiste ayer! –se sorprendió Miaja.

—Ayer no estaba mascando pasta –replicó Ida, y sonrió plácidamente enseñando su boca mellada.

13

—¡No he pegado ojo! ¿Se me notan las ojeras?

—¡Yo esta arruga no la tenía ayer!

—¡No puede ser que no me cierre el vestido! ¡Si llevo una semana a dieta de hojas de abulio!

—¡Idaaaa! ¡El tinteee!

Todas las mañanas, en cuanto cantaba el gallo en el Patio de Servicio, se armaba el mismo zafarrancho en las habitaciones de las Damas. Saltaban de las camas y corrían a examinarse en los espejos, por si habían envejecido durante la noche. Sembraban el suelo de trajes y chinelas, llamaban a gritos a las Mujeres y empezaban a acicalarse con tantos nervios como si fuera el día de su boda.

A Miaja todo aquello le parecía absurdo.

—¿Para qué se arreglan tanto, si están

siempre solas? –le preguntó a Ida un día mientras estaban en el Patio.

—Se arreglan para el Señor.

—Pero... Si el Señor nunca viene a verlas.

—No viene... Pero está –Ida bajó la voz–. El Señor ve todo lo que pasa en el Castillo. Sus ojos están por todas partes.

—¿Dónde? –Miaja miró a su alrededor, asustada.

—Ven conmigo y te los enseñaré –murmuró Ida echando a andar–. ¡Pero no! ¡Suéltame el brazo, boba! Tú eres casi una Dama y yo una simple Mujer. No somos amigas. Dame órdenes. O mejor: regáñame. Y cada vez que yo te diga *Lo siento, Su Hermosura*, fíjate bien. Te estaré indicando que hay cerca unos Ojos del Señor. ¿Estamos? Empieza a regañarme.

—Esto... Ida, ¿por qué no has planchado mi vestido de ala de mariposa?

—No tuve tiempo, Su Hermosura.

—Bueno, no importa. ¡Tengo tantos...!

—¿Cómo que no importa? –murmuró Ida entre dientes–. ¡Di que soy una inútil! ¡Que merecería ser una simple Sirvienta!

—Merecerías ser una Sirvienta –balbució Miaja en tono poco convicente–. Espero que no vuelva a ocurrir.

—No, Su Hermosura. Lo siento, Su Hermosura.

—Vale, te perdono –dijo Miaja.

—He dicho que *Lo siento, Su Hermosura* –recalcó Ida parándose junto a un muro del patio. Y se señaló un ojo con el dedo.

Lo siento, Su Hermosura. ¡Claro! La contraseña. Miaja miró a su alrededor buscando los Ojos del Señor. Pero solo vio un pavo real que se paseaba entre los abulios con la cola extendida. Los círculos que la adornaban parecían otros tantos ojos que miraban a la niña.

—¿Son esos? –preguntó Miaja en voz baja.

Ida negó con la cabeza y miró con insistencia el muro de piedra desnuda. Miaja lo miró también. Y entonces tuvo la extraña impresión de que el muro parpadeaba. Paseó la vista varias veces por él, hasta que descubrió dos agujeros practicados en la piedra, un poco por encima de su cabeza. Tenían la separación y el tamaño de ojos humanos. Del otro lado se percibía una débil claridad. Miaja se iba a acercar a mirar por los agujeros cuando sintió que la claridad se apagaba, como si los ojos parpadeasen de nuevo. O como si alguien se hubiera asomado del otro lado.

—¿Qué haces? –susurró Ida tirándole del vestido, y luego continuó en voz bien alta–: Acompáñeme Su Hermosura, pues he de cepillarle mil veces los cabellos.

La mujer y la niña recorrieron el patio y las habitaciones. De vez en cuando Ida soltaba un *Lo siento, su Hermosura*, y Miaja descubría un par de agujeros practicados en la pared de un dormitorio o de la sala de música, en un tapiz del comedor, en el espejo de la sala de baños... Los había por todas partes. Las Damas del Castillo podían ser observadas en cualquier momento, en cualquier lugar.

—Suerte que existen los refugios... –musitó Ida tomando un sendero del patio–. Y este es uno de ellos.

Ida se detuvo en un lugar en que los abulios se hacían más altos y espesos. Señaló un círculo hecho con piedrecitas blancas en la grava del sendero.

—¿Ves? Las Damas han marcado el refugio. Aquí estamos a salvo de todos los Ojos del Señor. Hay otros refugios en otros lugares. Siempre están marcados de alguna manera. Debes aprender a conocerlos. Y usarlos solo si te hacen falta. Alguna Dama puede necesitarlos con urgencia.

Ida fue guiando disimuladamente a Miaja de refugio en refugio. Los encontraron casi todos ocupados. En el de la sala de música, Dulcimiel lloraba. Pero su llanto quedaba cubierto por el sonido del arpa, que Exquisita tocaba tranquilamente, como si Dulcimiel no estuviera allí.

—Al Señor no le gustan las lágrimas –murmuró Ida.

En el refugio del comedor, Mullidita vomitaba.

—¿Te encuentras bien? –Miaja iba a acercarse, solícita, pero Ida la retuvo por el brazo.

—Déjala –susurró–. Lo hace queriendo. Tiene debilidad por los dulces, y demasiada tendencia a engordar. Y al Señor no le gustan rollizas.

Ida la alejó de allí y la llevó a una habitación pequeña y vacía.

—Mira qué bien –dijo–. Está libre el Refugio de los Gritos. ¿Tienes ganas de gritar? ¿Quieres chillar cosas horribles que no debe oír nadie?

Miaja sacudió la cabeza de arriba abajo.

—Pues entra y grítalas en este agujero. Todo lo fuerte que quieras. Nadie las oirá.

Miaja se encerró en el refugio, pegó la boca a un agujero que había en la pared y gritó y gritó hasta quedar afónica. Salió bastante más tranquila. Desde entonces, el Refugio de los Gritos se convirtió en su refugio favorito.

14

¡Si Miaja hubiera tenido menos tiempo para estar triste! Pero en el Castillo el tiempo le sobraba por los cuatro costados. Tiempo para acordarse de su familia, de Nulo, y de su querido páramo de Sombra que, desde que no lo veía, empezaba a parecerle hermoso.

En el Castillo su ocupación principal era aprender a ser una Dama. Debía aprender a vestirse, a caminar, a cantar, a bordar, a hablar como una Dama. Y sus maestras eran, naturalmente, las Damas.

Sus Hermosuras no perdían la ocasión de reírse a su costa, pero ya no mostraban la crueldad de los primeros días. A veces hasta eran cariñosas con ella, con el tipo de cariño que se muestra a una mascota o a un animalito que inspira ternura. Y es que ya no veían en Miaja una rival. Ellas mismas con sus clases se encargaban de que no lo fuera.

—¡Ponte este sombrero tan bonito! Así... Remétete el pelo por dentro –Sabrosura le calaba una pamela ridícula y escondía dentro la melena de Miaja, su principal encanto.

—¿Qué forma de caminar es esa? Apoya bien toda la planta del pie. Y las puntas hacia afuera. Eso es. Menea un poco los brazos... Perfecto...

Meliflua se interrumpía un instante para sofocar una risa al mirar los andares de pato de Miaja.

—¡Oh, cielos! ¡Qué vulgaridad! No se dice *haya.* Se dice *haiga...* –esa era la clase de dicción y gramática–. Y *¡caramba!* es vulgar como exclamación. Acostúmbrate a decir *leñe.*

Miaja seguía obedientemente las indicaciones de sus maestras, y se paseaba por el patio andando como un pato, tocada con gorros estrafalarios y agitando una carraca que, según las Damas, era el instrumento más melodioso que *haiga.* Las Damas se reían a sus espaldas, pero no todo lo que hubieran querido. Reír en exceso hace que salgan arrugas junto a la boca y patas de gallo en torno a los ojos.

Dama Elegida se había acostumbrado a la compañía de Miaja. La llamaba a su lado y la hacía sentarse a sus pies como un perrito faldero, mientras acariciaba distraídamente su pelo negro y lo envolvía en volutas de humo de su pipa.

Un día que estaban solas en el refugio del patio, aquel que estaba rodeado de abulios, Elegida sentó a Miaja en su regazo y se puso a acunarla y a cantarle como a un bebé. Miaja apenas se sorprendió, porque nada lograba sorprenderla cuando respiraba humo de abulio con extravío. Pero a pesar de su sopor, cayó en la cuenta de algo muy extraño. ¿Cómo no lo había notado hasta entonces?

—Que me diga la Dama Elegida... –preguntó–. ¿En el Castillo no hay niños?

Elegida se crispó y paró de mecerla.

—No –respondió secamente.

—¿Por qué no?

—No nacen. Es todo.

—¿Y no le gustaría a su Hermosura...?

—¡Deja de importunarme con tus preguntas, criatura! –chilló Elegida levantándose.

Miaja, que estaba sobre las rodillas de la Dama, rodó por el suelo. Y allí sentada escuchó por segunda vez en su vida el sonido de una trompeta.

Al tiempo que la trompeta sonaba, el gran portón que daba acceso al Patio de las Damas se fue abriendo lentamente. Los pájaros huyeron chillando a las ramas más altas, el agua cesó de correr en las fuentes. En menos de lo que se tarda en decirlo, las Damas estaban alineadas frente al portón, tiesas como soldados en formación.

El Chambelán de los Altos Chanclos franqueó la puerta, tropezó en los adoquines, recuperó el equilibrio y voceó:

—El Señor saluda a Vuestras Hermosuras y manda a buscar a su elegida, la Bella entre las bellas. El Señor requiere a...

Las miradas de todas las Damas confluyeron en Dama Elegida.

—... a Dama Pitiminí –concluyó el Chambelán de los Altos Chanclos.

El aire se estremeció, como si el resto de las Damas hubiese suspirado a la vez, de alivio, de envidia o, en el caso de Elegida, de despecho. Ya nadie miraba a la antigua favorita, que intentaba disimular el golpe alisando nerviosamente su vestido rojo. Ahora todas miraban a Pitiminí, que cruzaba el patio con andares de diosa y con la barbilla tan alzada que parecía señalar con la nariz el cielo encristalado. No hacía calor, pero cuando Pitiminí pasó junto a Miaja, la niña vio varias perlas de sudor en su frente.

Cuando Pitiminí regresó, ya de noche, Elegida había dejado las habitaciones que se reservaban a la preferida del Señor. Allí, todas las Damas rodearon a Pitiminí, la ayudaron a desvestirse y le pusieron la bata con los colores del crepúsculo, a la que solo la favorita tenía derecho. Las Damas la miraban ansiosas pero, en vista de que Pitiminí no hablaba, empezaron a preguntar en susurros:

—¡Dinos! ¿Cómo es?

—¿Qué es eso de tutear a la favorita? –se enfadó Pitiminí.

—Que nos disculpe Su Hermosura –se corrigieron las Damas–. ¡Y que nos diga cómo es!

—¡No preguntéis, insensatas! –repuso nerviosa la Dama–. ¡Sabéis que está prohibido hablar de él!

—Que nos diga solo su Hermosura... ¿Es tan bello como dicen?

—Su belleza deslumbra –murmuró Pitiminí.

—¿Ha hablado a Su Hermosura? ¿Qué le ha dicho?

—Palabras tan bellas que no pueden ser repetidas –gruñó Pitiminí.

—¿Qué se siente en su presencia?

—Una se paraliza.

Eso mismo habían dicho las otras anteriores favoritas del Señor. Aunque ahora ninguna de ellas estaba allí para confirmar las palabras de Pitiminí. Elegida estaba enferma de despecho en la cama. Y las otras habían pasado hacía tiempo a los pisos inferiores.

—Y ahora dejadme, quiero dormir –ordenó Pitiminí–. ¡No! ¡No os llevéis la lámpara! La quiero encendida toda la noche. ¡Esperad! ¡No me dejéis sola! ¡Que venga Miaja!

—Está con Elegida, oh bella entre las bellas –le contestaron.

—Elegida ya no es la elegida. Que venga Miaja –reclamó Pitiminí.

Y se hizo inmediatamente como ella mandaba, puesto que era la nueva preferida del señor.

Desde ese día Pitiminí empezó a vestir con el color rojo de las elegidas. Ella, que era una Dama tranquila y de buen carácter, se volvió nerviosa y colérica. Daba órdenes caprichosas y contradictorias, que había que obedecer, puesto que era la favorita. Y exigía continuamente que Miaja estuviera a su lado, como antes había hecho Elegida.

Ahora Miaja dormía cada noche a los pies de la cama de Pitiminí, y se encargaba de que hubiera siempre luz en la habitación. Pitiminí por su parte dormía poco. En cuanto cerraba los ojos y se hacía la oscuridad en su cabeza, pensaba en sus *encuentros* con el Señor. Tres veces la había llamado, y las tres la habían hecho entrar en una habitación en tinieblas. No había visto ni tocado al Señor, pero había sentido su presencia. Había pasado horas interminables, con la carne de gallina y el corazón al galope, esperando que el Señor hiciera algo. Cualquier cosa, el señor era imprevisible: Primorosa había vuelto de un encuentro con él con una cuchillada en la mejilla, y había sido rebajada por ello a sirvienta. Delicia nunca había regresado de su primera llamada. A Elegida le había encanecido el pelo en una semana.

Las anteriores favoritas nunca habían hablado claramente del Señor, pues estaba prohibido hacerlo. Pero todas ellas se habían declarado deslumbradas por su presencia. Así que, ¿cómo iba a admitir Pitiminí que no sabía nada de él? ¿Cómo confesar que solo había sentido pánico y, a ratos, una respiración rápida y un aliento ligerísimo, quizá solo imaginado, en su oreja izquierda?

A veces el alba la sorprendía pensando todavía en estas cosas. Pasaba el día en vilo, espiando el portón del patio, cansada y malhumorada, observando preocupada en el espejo sus ojeras, cada día más profundas y violetas. Empezó a fumar la pipa que fue de Elegida. La llenaba con extravío del salerito heredado de la anterior favorita. Y de vez en cuando, mientras formaba en el aire volutas de formas caprichosas, Pitiminí lograba olvidar su angustia.

15

ESA noche hasta el fuego parecía frío. El vendaval se colaba por las grietas de la cabaña y toqueteaba con sus dedos gélidos a Nulo y a su padre, que intentaban darse calor arrebujados frente al hogar en una misma manta. Gemía el viento y Nulo y Maese No callaban. Hacía varios días que el alfarero había desistido ante la indiferencia de Nulo, y ya ni siquiera intentaba entretenerlo con sus historias.

Maese No tenía el ceño fruncido y la frente arrugada. Algo turbulento estaba pasando tras esa frente, porque las arrugas cambiaban de lugar continuamente en ella, como si fuese la superficie agitada de un lago. Era que dos tendencias opuestas luchaban en su cabeza. ¿Callarse o hablar? Callarse era lo más sensato, esperar a que Nulo olvidara y volviera a ser el de siempre. En cambio si hablara... ¡Ay! Si hablara nada podría seguir igual... Y posiblemente iría a peor. Maese No decidió callarse.

En ese momento sintió la mirada de Nulo en su cara. Una mirada seria, triste, que le contemplaba con lástima, como se mira a un pobre hombre al que se quiere pero no se admira. Olvidando de golpe su decisión, Maese No rompió a hablar.

—Nulo, ¿quieres escuchar una historia?

Nulo negó con la cabeza.

—Te la contaré de todos modos.

Nulo se encogió de hombros, indiferente.

Su padre alimentó la lumbre con una rama seca y dijo así:

Esto era una vez una pareja de titiriteros. Rosina era el nombre de ella y él se llamaba... No me acuerdo. Iban de pueblo en pueblo y ganaban su pan entreteniendo a la gente con sus mil habilidades. Eran malabaristas y acróbatas, cómicos, cantantes, pregoneros, bailarines y un poco magos.

Camina que te caminarás, un día la pareja llegó a un pueblo remoto, remotísimo, llamado Quimera.

—¿Quimera? ¿El del otro lado de la montaña? –preguntó Nulo, interesado de pronto. Pero Maese No continuó como si no lo oyera:

Quimera era un pueblo feo, pobre y triste...

—¡Si dicen que es un sitio maravilloso...! –volvió a interrumpir Nulo.

...A los titiriteros les pareció maravilloso, replicó Maese No, *porque allí supieron que esperaban un hijo. Quizá por eso la función les salió mejor que nunca. ¡Ay! Demasiado bien. Los del pueblo los contemplaban fascinados, pero inquietos. Rosina estaba bailando en la cuerda floja entre los tejados, cuando llegaron los Soldados:*

—¡Para, insensata! ¡Que no te vean bailar! –le susurraron los del pueblo.

—¡Sigue bailando, mujer! –ordenaron los Soldados.

Rosina terminó su baile y cerró la función saltando de la cuerda con un mortal hacia atrás impecable. Cuando aterrizó en los brazos del titiritero, los Soldados los rodearon...

Maese No se interrumpió y tragó saliva. Ahora Nulo parecía beberse sus palabras. Se daba cuenta de que aquella no era una historia más. Las historias de Maese No ocurrían siempre en lugares muy lejanos donde nada era como en Sombra. Jamás había en ellas maldad, ni miedo, ni Soldados, ni Castillo.

Se los llevaron al Castillo, les marcaron la frente, los separaron, prosiguió Maese No. *A Rosina, que era muy linda, la encerraron en una torre con las favoritas del Señor. Al titiritero le obligaron a actuar ante la gente ilustre del Castillo. Le amenazaban con grandes castigos si no ofrecía números espectaculares y cada vez más arriesgados. Se jugaba la vida en sus funciones, pero igual las esperaba con impaciencia, porque solo durante ellas podía ver a Rosina, que se mordía las uñas angustiada en el lugar de honor de la mesa de las damas.*

El vientre de Rosina crecía y crecía, pero a nadie se le ocurrió pensar que había un bebé en aquella tripa hinchada, porque nunca nacían niños en el Castillo. Un día Rosina desapareció de la mesa de las Damas y cuando el titiritero quiso saber de ella nadie le supo o le quiso contestar. Un simple saltimbanqui no debía interesarse por una Dama. Por fin un criado le susurró al oído: "¿La barrigona? No creo que vuelva por aquí. Apuesto a que esa ya no es Dama. Al Señor no le gustan las gordas".

El titiritero no volvió a ver a Rosina. Perdió el apetito y el sueño. Si dormía, tenía pesadillas. Una madrugada soñó que en lugar de un bebé, Rosina había tenido un gatito. El animal maullaba entre los brazos de su madre, que intentaba librarlo de una jauría de perros que los rodeaban. "¡Marchaos!", gritaba Rosina, pero los perros no se iban. Y el titiritero, que lo veía todo, no podía moverse para ahuyentarlos.

El hombre logró despertar de la pesadilla, pero siguió escuchando el maullido del gatito. No tardó en descubrir que salía de un paquete que alguien había puesto en el hueco del ventanuco de su cuarto. Hurgó en el paquete esperando encontrar un gato, y encontró un bebé, que se lanzó a chupar el pulgar del titiritero con entusiasmo. Era un niño precioso. Lástima que ya llevara en la frente la marca del Castillo.

El titiritero no se explicaba cómo había llegado hasta él su hijo. Quizá Rosina, que tenía algo de lagartija, había trepado hasta el ventanuco y lo había dejado allí. Pero... ¿Por qué habría hecho una cosa así? Mientras el titiritero pensaba, las palabras que había pronunciado Rosina en el sueño resonaban en su cabeza. "¡Marchaos!", había dicho Rosina a los perros. Pero... ¿Y si no estuviera hablando a los perros? ¿Y si le estuviera hablando a él? ¿Y si las palabras no fueran soñadas? ¿Y si ella las hubiera pronunciado realmente del otro lado del ventanuco? El pobre hombre creyó comprender lo que Rosina quería de él: quería que cogiera al niño y lo sacara del Castillo.

No se sentía capaz de hacer una cosa así: abandonar a Rosina a su suerte y arriesgar la vida de su hijo en una empresa casi imposible. Pero mientras su hijo le chupaba el pulgar, nació en él una fuerza y una determinación que antes no tenía. Al amanecer, la decisión estaba tomada.

Anunció un número de funambulismo extraordinario para la caída del sol. Llegado el momento, subió con una larguísima cuerda a una Torre de Vigías. Ante la mirada de todos los notables del Castillo, ató la cuerda a una almena... y se descolgó fuera de las murallas.

Cuando los Soldados se dieron cuenta de que el titiritero huía, este había llegado más allá de los muros del Castillo, y se deslizaba soga abajo pegado a la pared de roca. Pero un Escarlata cortó de un tajo la cuerda, y el titiritero se precipitó como un pelele en el vacío ya en sombras. Dándole por muerto, los Soldados no bajaron a buscarlo hasta el día siguiente.

No dieron con él. Una mujer se les había adelantado. Lo había encontrado inconsciente en el lecho del río y lo había llevado hasta su pueblo, donde se había desatado una gran discusión entre los vecinos sobre si debían o no ayudarle. El hombre llevaba la Marca en la frente, y se la jugaban escondiéndolo.

En lo más acalorado de la disputa, se escuchó un llanto desconsolado. Salía del zurrón que el hombre llevaba en bandolera. Los vecinos lo abrieron y descubrieron dentro al bebé, que lloraba de hambre. Todos convinieron en que era un milagro que el niño hubiera salido vivo y hasta ileso del Castillo. Y puesto que un milagro había librado a la criatura del cautiverio, no eran ellos quiénes para devolverla a él. Así, el padre y el hijo fueron aceptados por la comunidad.

—Si te vas a quedar aquí, necesitas ganarte la vida –dijeron sus nuevos vecinos al titiritero–. ¿Qué sabes hacer?

—Sé hacer equilibrios y piruetas –dijo, e intentó demostrarlo, pero no pudo, porque la caída le había dejado cojitranco.

—Sé cantar, contar historias, manejar títeres, hacer reír y llorar –dijo entonces.

—Nada de eso nos sirve –le replicaron–. En cambio, nos vendría bien un alfarero. Los Soldados se llevaron hace un par de meses al que había.

—Seré alfarero –dijo el cómico.

Aprendió el oficio de alfarero, pero solo a medias, pues no quería destacar. Se fue a vivir a un cerro muy alejado del pueblo, de donde casi nunca bajaba. Se lo impedían su cojera y el miedo a que lo reconocieran los Soldados. Hizo creer a su hijo que era un niño feo y torpe, para protegerlo. Le hacía ir con la cara cubierta, para que no se viera la Marca en su frente.

Padre e hijo llevaban una vida dura y solitaria. Pero estaban vivos y eran libres. Eso al alfarero le bastaba. Aunque, por lo visto, no era bastante para su hijo...

Maese No dejó de hablar, porque Nulo ya no lo escuchaba. Se había precipitado sobre una olla que se calentaba al fuego y se lavaba la cara tiznada con el agua casi hirviendo. Palpando nerviosamente su frente, preguntó:

—Este bulto que noto en mi frente... ¿es la Marca?

—La Marca... y todas las cicatrices que te dejé intentando hacerla desaparecer –repuso Maese No.

—¿Qué harían los Soldados si vieran que tengo la Marca?

—Te llevarían al Castillo.

¡Tanto buscar la forma de subir al Castillo, y le bastaba mostrar la frente para lograrlo! Y ahora tenía doble motivo para ir allí cuanto antes. ¡Miaja y su propia madre le estaban esperando! Nulo estaba tan excitado que abrió la puerta de par en par, dispuesto a ir inmediatamente al encuentro de los Soldados.

—¿Puedo preguntar cuál es tu plan? –su padre se le acercó renqueando.

—¿Plan? –murmuró Nulo–. Pues... subir al Castillo.

—¿Y quedarte allí para siempre? No es eso lo que tu madre quería para ti.

Maese No cerró la puerta con esfuerzo, luchando contra el viento, y se quedó de pie junto a Nulo, con los brazos en jarras. A Nulo le pareció por lo menos un palmo más alto que de costumbre. No veía en él a su padre de todos los días, el alfarero chapucero, cojitranco y asustadizo. Veía a su padre el trotamundos, el titiritero, el héroe, el único que había sabido escapar del Castillo. Y fue a este padre al que preguntó:

—¿Tienes tú algún plan?

Maese No dudó antes de contestar. Una idea descabellada llevaba días rondándole la cabeza. Él la rechazaba cada vez, pero la idea volvía, como un moscón inoportuno.

—No es un plan –barbotó al fin–. Es una locura.

—¡Cuéntamela! –saltó Nulo.

—Sería un milagro que lo lográramos... –dudó.

—¡Lo intentaremos! A ti se te dan bien los milagros, ¿no?

—Y necesitaríamos ayuda –completó Maese No.

—¿Ayuda? –el entusiasmo de Nulo pareció pincharse–. En Sombra nadie nos ayudará si tiene que ver con el Castillo.

—Mmmm. Eso creía yo, pero ya no estoy tan seguro –repuso Maese No–. Quizá no sea mala cosa picarles un poco el orgullo, como has hecho tú conmigo esta noche.

—¿Yo? –se asombró Nulo.

—Sí, tú. Yo no pensaba contarte nunca esta historia. Pero te la he contado porque... –Maese No bajó los ojos, azarado–... porque quería que me admiraras un poquito.

—¡Mucho! ¡Te admiro mucho! –exclamó Nulo abrazándose zalamero a la cintura de su padre.

—Pues bien, me parece que nuestros vecinos también están deseando ser admirados –declaró Maese No–. ¡Hale! Trae leña para el horno, que tenemos mucho que trabajar.

16

Los sombrinos, atareados instalando sus puestos, tardaron en fijarse en el alfarero.

—¡Maese No! ¡Dichosos los ojos!

—¡Hace meses que no lo vemos por aquí!

Maese No se quitó el sombrero que llevaba calado hasta las orejas y empezó a saludar a los vecinos. Una gota roja, como de sangre fresca, relucía en medio de su frente.

—¡Cúbrase, Maese No! –Maese Rancio señaló asustado la Marca–. ¡En cualquier momento llegarán los Soldados!

—¡Que lleguen! Pero no antes de que esté listo el teatrillo. Ayúdame, Nulo.

¿Nulo? A los sombrinos les costó reconocer a Nulo en aquel chiquillo limpio y repeinado que acompañaba a Maese No y que... ¡horror!, también enseñaba sin tapujos su frente, donde la Marca brillaba rodeada de cicatrices.

Sin hacer caso de los aspavientos de los vecinos, padre e hijo descargaron a Bizco del gran fardo que acarreaba y empezaron a levantar un pequeño escenario en el centro de la plaza.

Los sombrinos se acercaron, curiosos. Y entonces una voz fina e infantil cantó detrás del telón:

Ay de mí, ay de mí
llevo tanto tiempo aquí...

En el pequeño escenario apareció un títere. Representaba a una niña. El cuerpo era de paño basto. Pero su cabeza de barro estaba modelada con mucha gracia, y sus cabellos largos y negros (gentilmente cedidos por Bizco) caían como una cascada brillante por su espalda. Todos reconocieron con un respingo a la pobre Miaja. Ña Rancia, que ahora llevaba la cabeza descubierta y el pelo rapado, contuvo un gemido.

Yo creí durante días
que ellos me rescatarían

suspiró la linda marioneta secándose una lágrima imaginaria.

Algunos sombrinos se agitaron, nerviosos y molestos.

—¡Ay hija mía, tú bien sabes que eso es imposible! –gimió Maese Rancio.

—¡Cuánto nos habría gustado! –gimió Ña Ortiga.

Luego todos guardaron un silencio temeroso, porque una marioneta Soldado acababa de irrumpir en el escenario. Se la reconocía por sus rasgos fieros, sus largos bigotazos (otra vez gentileza de Bizco), su traje rojo y el penacho de plumas (de gallina, pero plumas al fin y al cabo) que adornaba su cabeza. La marioneta se pavoneó por el escenario bramando:

No lo han siquiera intentado,
esos pobres apocados.
Esmirriados, timoratos
cobardes, mediocres, chatos.

Los sombrinos bajaron la cabeza sin rechistar, porque quien les insultaba era un Escarlata, aunque fuera un títere de arcilla.

La marioneta Miaja le contestó, esta vez con una voz alegre y cantarina:

Tienes razón, mi Soldado:
De lo feo ya me he hartado.
Aquí casi toco el cielo,
abajo no hay más que miedo.
Aquí luzco mi melena,
allí el pan siempre se quema.

—Hija, no seas injusta... –gimió Maese Rancio–. Tú sabes que yo dejo quemar un poco el pan para no atraer la codicia de los Soldados. Si yo quisiera...

Decidme una sola cosa
que ahí abajo sea hermosa...

interrumpió Miaja poniendo los brazos en jarras.

—No digas malas palabras, niña –pidió Pita Cañamona.

Y todos los sombrinos escupieron por encima del hombro para contrarrestar el efecto maléfico de la palabra *hermosa.*

Aquí digo lo que quiero:
Los fuertes no tienen miedo.

replicó insolente Miaja.

En eso Maese Obtuso, que de obtuso solo tenía el nombre, cayó en la cuenta de que estaban discutiendo con una niña y un soldado de arcilla.

—¡Maese No se está burlando de nosotros! –gritó furioso precipitándose hacia el teatrillo.

—¡Es verdad! –se indignaron los demás sombrinos, siguiéndolo.

Las tablas del guiñol se tambalearon unos momentos, y acabaron por derrumbarse. Del otro lado aparecieron Maese No y Nulo, sujetando todavía en sus manos las marionetas de Miaja y el Soldado.

—¡Un momento! –gritó Maese No con una voz autoritaria que nadie le conocía–. ¿Queréis destruir mi teatrillo? Adelante. ¿Queréis destrozar mis marionetas? Destrozadlas. Un niño y un cojo no pueden luchar contra todos vosotros. Pero antes me tendréis que escuchar. Quiero explicaros por qué estáis furiosos con nosotros. Es porque acabamos de soltaros unas cuantas verdades que humillan: que vivís asustados y no os atrevéis a luchar por lo que es vuestro. Que sois mediocres, incapaces de aspirar a lo bello o a lo bien hecho. Cuando veis algo bonito, como nuestro pequeño teatro, lo envidiáis secretamente. Como no podéis igualarlo, solo pensáis en destruirlo.

Los sombrinos se quedaron inmóviles un momento, y luego rompieron a hablar todos a la vez.

—¿Que no podemos hacer cosas bonitas? ¡Ja!

—¿Que te envidiamos ese teatrillo de porquería? ¡Anda ya! –soltó Maese Tarugo–. Son dos tablones mal clavados y sin lijar siquiera. Yo sé hacerlo mucho mejor.

—No lo creo –replicó Maese No.

—¡Qué te apuestas a que sí! –se sulfuró Maese Tarugo.

Desapareció en su carpintería cargando los tablones caídos, y un momento después se le oyó serrar, clavar y pulir.

—¿Y el decorado? –saltó entonces Pita Cañamona–. Ese teatro tuyo ni siquiera tiene decorado.

Fue a hurgar en su puesto y volvió con una tabla que ocultaba cuidadosamente en el fondo. En ella Pita Cañamona había pintado el pueblo de Sombra, y con mucho mérito además, porque del pueblo feo había hecho una pintura hermosa.

—¡Bah, bah! –gruñó entonces Maese Tufo, algo celoso–. La verdadera magia del teatro está en la música.

El porquero hurgó en su morral y sacó un pequeño objeto hecho de varias cañas huecas alineadas. Cuando sopló por ellas empezó a sonar una melodía muy dulce, que los sombrinos escucharon embobados, pues en Sombra no se utilizaban nunca instrumentos musicales.

—¡Pues vaya cosa, unos tubos que suenan! –bufó Maese Oxidao–. ¡Esperad a ver esto!

El herrero corrió a la herrería y volvió sacudiendo unas bolitas metálicas, que repicaron alegres.

—Se llaman cascabeles –declaró Maese Oxidao, orgulloso–. Su fabricación es un secreto de familia. Verdad que son... ¿bonitos?

—¡Yo también sé hacer cosas bonitas!

—¡Yo también tengo secretos de familia!

Los sombrinos se pusieron a vocear a la vez lo que hasta entonces eran sus *secretos de familia.* Los Tufo gritaban que eran capaces de hacer música con tripas tensadas de cerdo. Ña Ortiga aseguraba que sabía fabricar pinturas con pigmentos de plantas de páramo. Maese Obtuso, hablando en pareados, decía que tenía un verdadero don para la poesía, heredado de su abuelo.

Ña Hilacha tenía la voz demasiado fina para hacerse oír, así que se plantó en medio de la plaza, levantó al aire su falda mugrienta y mostró a todos su *secreto de familia*: bajo la falda aparecieron una... dos... tres... cuatro... hasta cinco enaguas superpuestas, blancas como la nieve y bordadas con encaje de bolillos. Mientras los sombrinos admiraban las enaguas, la sastra se tapó la cara con la falda, para ocultar esa mezcla de orgullo y vergüenza que le hacía arder los carrillos.

Maese Tarugo no tardó en volver cargando con el teatrillo reparado. Ña Ortiga se puso a pintarlo con esas pinturas que solo ella sabía fabricar. Ña Hilacha colgó de él un telón hecho con sus propias enaguas, y cosió en un pispás un trajecito para Miaja.

Pronto la niña-títere bailaba en el nuevo escenario, al son del caramillo y los cascabeles. Los sombrinos, que nunca habían bailado en público, sentían que se les iban los pies al ritmo de la música, y no tardaron en sacar a la luz los bailes que, en secreto les habían enseñado sus padres y abuelos.

Picados por los grandes, los chicos empezaron su propio concurso de talentos. Menguado cruzaba la plaza haciendo piruetas y saltos mortales. De la mano, Agria y Mustia giraban en un torbellino de faldas. Mema imitaba los sonidos de todos los pájaros del páramo. Y Obtusillo, a falta de otro talento, encadenaba un eructo con otro. Llegó a los nueve. Y si no hizo diez, fue porque Maese No le interrumpió.

—¡Estupendo! –gritó el cómico-alfarero dando unas palmadas–. Ya tenemos todo lo que nos hace falta: tenemos un teatrillo estupendo, con decorado y todo; tenemos títeres y alguien que les cosa lindos vestidos; tenemos un poeta; tenemos malabaristas, músicos y bailarines... Hermanas y hermanos de Sombra: ¡la función puede comenzar!

17

—¡AAAAAL-TÓ! –gritó el Escarlata que dirigía la expedición.

Los Soldados detuvieron en seco sus caballos, miraron, se frotaron los ojos y volvieron a mirar. Allí, en medio del páramo desolado, unos cuantos músicos tocaban una melodía alegre y pegadiza. Junto a ellos, en un pequeño escenario, varias marionetas bailaban. Algunos niños vestidos de colores alegres, con cascabeles en los pies, hacían acrobacias. Más allá otros cantaban. Y nadie parecía reparar en los atónitos Soldados.

—¿Qué significa esto? –bramó el Escarlata.

Los cómicos siguieron a lo suyo, pero un hombre enmascarado se acercó cojeando a los Soldados con una marioneta en la mano. Hombre y marioneta hicieron al Escarlata una profunda reverencia.

—Todo está preparado, como me pidió el temible Escarlata, para el cumpleaños del Señor.

—¿El cumpleaños del Señor? -repitió asombrado el Soldado.

—El temible Escarlata me indicó que el Señor cumplía en el día de hoy sus muy respetables años.

Durante unos instantes el Soldado pareció desconcertado. ¡Era el cumpleaños del Señor y nadie le había informado! Seguramente el cojo lo confundía con el *temible Escarlata* que había bajado al páramo hacía dos semanas. Y sin duda ese Soldado traidor le había ocultado la noticia del cumpleaños del Señor para perjudicarle.

Para no pasar por tonto, fingió estar al tanto de todo.

—Naturalmente que es el cumpleaños del Señor... -tartamudeó-. ¿Y qué tiene que ver eso con este desbarajuste? -señaló al grupo de gente que seguía cantando, saltando y bailando.

—Mi compañía ensaya para que la función sea perfecta.

—Claro, claro. Ha de ser perfecta... Mmmm... ¿Qué función?

—La función de teatro que hemos de hacer delante del Señor. Que es por otra parte una excelente idea de la muy ingeniosa mollera del muy temible Escarlata.

El hombre y su marioneta volvieron a inclinarse servilmente ante el Soldado, que se aclaró la garganta mientras lo que intentaba aclarar era la confusión de su mente: De modo que su colega Escarlata preparaba una función para el Señor a sus espaldas... Y he aquí que se encontraba con la deliciosa oportunidad de pisarle la idea.

—¡Bueno, bueno! No perdamos más tiempo. ¡Soldados! –gritó a sus hombres–. Esta gente nos acompaña al Castillo. Es una sorpresa que le tengo preparada al Señor que, como todos sabéis, celebra hoy su cumpleaños.

"¿Su cumpleaños?", repitió cada Soldado en su cabeza.

Pero todos fingieron conocer de sobra la noticia, por si las moscas. Nadie se atrevía a mostrar debilidad o ignorancia en el Castillo.

El escenario y las marionetas fueron recogidos. Y la extraña compañía se puso en marcha, escoltada por los perplejos Soldados.

18

No. No era el cumpleaños del Señor. ¿O quizá sí? Eso, posiblemente ni el mismo Señor lo sabía. Y sin embargo, todo en el Castillo se preparaba para la gran fiesta. Las cosas iban ocurriendo tal y como las había planeado Maese No. Como si todos fueran actores de una obra de teatro inventada por él.

Pocas horas antes, cuando los Soldados habían introducido a los cómicos en el Castillo, el Chambelán de los Altos Chanclos los había recibido furioso.

—¿Qué hace aquí toda esta gentuza?

—Traigo una sorpresa muy especial, para obsequiar al Señor por su cumpleaños –declaró el Escarlata–. Por iniciativa mía, esta gente dará un espectáculo para nuestro Señor. Y espero que el honorable Chambelán haya preparado una fiesta a la altura de un día tan especial.

El Chambelán se estremeció. Nadie le había notificado que fuera el cumpleaños del Señor. ¿Querría decir eso que había caído en desgracia? ¿Le habría ocultado el Chambelán Sin Chanclos la noticia para ocupar su puesto? Ahora el Señor reclamaría su fiesta y, si no estaba preparada... ¡ay! El Chambelán se miró apesadumbrado los pies subidos a las plataformas, y se imaginó bruscamente descalzo, con la cabeza de nuevo a su altura normal, no demasiado lejos del suelo. Pero además de bajito, era un hombre astuto y acostumbrado a fingir, así que dijo con aparente desenvoltura:

—Todo está listo para la fiesta. Será al anochecer en el Salón Suntuoso.

La noticia de que era el cumpleaños del Señor se extendió enseguida por el Castillo. Todo el mundo se puso a trabajar en los preparativos. El Chambelán de los Altos Chanclos decidió que sería una fiesta sonada. Si el Señor le había cogido ojeriza, se decía el hombre, solo una fiesta así sería capaz de aplacar su mala voluntad contra él.

El Señor mismo no tardó en enterarse de que celebraba su cumpleaños ese día. ¿Se sorprendió? No se sabe. Nadie sabía nunca lo que pensaba el Señor. En cualquier caso, no mandó suspender la fiesta. Es más, mandó que se repartiera extravío, en pasta o en polvo, a todos los habitantes del Castillo, algo que solo se hacía en ocasiones especialísimas. Quizá había decidido que aquel día era tan bueno como cualquier otro para celebrar su aniversario.

En los aposentos de las Damas el ajetreo era frenético. Las Mujeres se afanaban apretando corsés, haciendo moños y tirabuzones, metiendo los vestidos de aquí y sacándolos de allá, convirtiendo los granos en lunares, empolvando caras y tiñendo cabellos. Solo una Dama permanecía ajena a todo, inmóvil, con los brazos caídos a lo largo del cuerpo.

—¿No te vistes, Elegida? –le preguntó Miaja.

—Ya no me llamo Elegida, bien lo sabes –replicó amargamente la Dama.

Era verdad. Al no ser ya la elegida, Elegida había tenido que acortar su nombre y dejarlo en Egida. Pero las demás damás preferían llamarla Ajada. El nombre era cruel aunque adecuado, porque en verdad la Dama se estaba estropeando tan rápidamente como una flor sin agua. Miaja miró su cabello lleno de canas. Ahora que Ida servía a Pitiminí, nunca tenía tiempo de teñírselas.

—Es bonito el pelo blanco –dijo Miaja para animarla.

—Déjate de monsergas –replicó Ajada–. Al Señor le gusta el pelo color azabache. Como el tuyo. Y los cutis frescos. Como el tuyo. Presiento que esta noche dejaré de ser Dama y tú ocuparás mi lugar. Eso de la fiesta de cumpleaños no es más que una excusa para reunirnos y darnos la noticia.

—Yo nunca seré Dama –aseguró Miaja–. ¿Has visto el traje que me han puesto? Mira el peinado. ¡Y espera a que me maquillen! Además pienso poner los codos en la mesa y hablar con la boca llena, leñe.

Ajada miró a la niña y se puso colorada. Ella misma había mandado hacer, siendo aún la favorita, el espantoso traje que llevaba Miaja. Y había intentado, tanto o más que las otras Damas, hacer de la niña una criatura ridícula y ordinaria.

—Entonces... Siempre has sabido que nuestras clases de distinción y buenos modales eran una burla –musitó Ajada.

Miaja asintió con la cabeza.

—Es igual. Hagas lo que hagas, te vistas como te vistas... serás Dama –vaticinó Ajada–. Hay algo en ti que nosotras ya no tenemos. Yo no sé decir qué es, ni si se llama belleza. A lo mejor es solo que eres joven, y que hueles todavía al aire de ahí fuera.

—Pero... ¡Yo no quiero ser Dama! –la cortó Miaja.

—Cuando seas Dama, a mí me rebajarán a Mujer –continuó Ajada sin escucharla–. Tendré que servir a las Damas que antes eran mis iguales. Viviré entre las Mujeres que antes me servían. Me tratarán mal, como yo las he tratado... –miró a Miaja y cambió de tono–. Tienes que ir buscando un nombre de Dama. No podrás seguir llamándote Miaja. ¿Qué tal Peritaendulce?

—Pero... ¡Miaja es mi nombre! Y no voy a ser Dama.

—Me pregunto qué Mujer se convertirá en Sirvienta cuando me rebajen –continuó Ajada–. Aunque lo siento más por la Sirvienta que tendrá que marcharse al Pozo Negro.

—¡Nadie se irá al Pozo Negro! –chilló Miaja–. No pienso ser Dama.

—Claro que... también podría irme yo directamente: De Dama al Pozo Negro sin escalas. Es más digno. Casi hermoso. Evito con la mía la muerte de otra... Supongo que me bastaría con hacer algo que mereciera el peor de los castigos. Algo como...

La interrumpió una de las Mujeres, que se acercó corriendo con un frasco de polvos de arroz en la mano.

—Me manda Pitiminí. He de maquillar a la damita... –señaló a Miaja.

—La damita no va a maquillarse hoy –dijo Ajada en tono cortante.

Cuando la Mujer se retiró, soltó todas las horquillas que sujetaban el complicado peinado de Miaja. Arrancó una docena de lazos y otros tantos volantes del rebuscado vestido de la niña. Luego contempló el resultado con una sonrisa triste y orgullosa a la vez.

—Así esta mejor, Peritaendulce.

19

HABÍA en el Salón Suntuoso tantas lámparas, candelabros y espejos, que parecía de día, aunque un día con los colores irreales, extrañamente brillantes. La luz lanzaba destellos en las medallas de los Soldados de alto rango, en las copas de cristal, en las lágrimas de las lámparas. El ambiente era ruidoso, alegre, salpicado de risas. En el aire flotaba el olor dulzón del extravío que el Señor había hecho distribuir.

Miaja se paró un momento en el umbral de la puerta, con los ojos guiñados. Cuando se acostumbró a aquella luz excesiva, se dio cuenta de que todas las mesas estaban ya ocupadas, menos la destinada a las Damas. Estas entraban ya con andares lentos y solemnes en el salón pero, a medida que se acercaban a la mesa, iban apretando el paso. Las de atrás intentaban adelantar a las de delante, estas lo evitaban a codazos disimulados, las otras les tiraban de los vestidos... : todas se habían dado cuenta de que la mesa tenía doce sillas, y ellas eran trece. Finalmente perdieron del todo la compostura y se lanzaron sobre las sillas. Solo Miaja y Ajada caminaban como verdaderas Damas. Cuando llegaron a la mesa, Ajada cedió a Miaja con un gesto la única silla vacía.

—¿Y tú? –preguntó Miaja–. ¿Te sientas en el sillón?

En la presidencia de la mesa había un enorme sillón vacío.

—¡No! Ese es el sillón del Señor –se apresuraron a decir las Damas.

—¿Va a venir a sentarse con nosotras?

Las Damas soltaron una carcajada conjunta.

—El Señor nunca se deja ver en estas fiestas –repuso Pitiminí–. No se muestra jamás delante de más de una persona a la vez.

—¿Queréis decir que vamos a celebrar su cumpleaños sin él? –preguntó Miaja.

—Oh, no... Él ya debe de estar en su sitio.

Exquisita indicó disimuladamente el fondo del salón. Pegado a la pared se alzaba un estrado cubierto con una pesada cortina de terciopelo rojo bordado en oro. El Chambelán de las Altos Chanclos estaba al pie del estrado. Ahora remangaba su túnica y subía torpemente los escalones que llevaban a él. Ahora pegaba la oreja a la cortina y sacudía gravemente la cabeza, como si asintiera a las instrucciones de alguien que le hablaba desde el otro lado. Ahora...

—Viene hacia acá –murmuró Mullidita con voz angustiada.

Las Mujeres se pusieron tiesas en sus sillas.

—Corre, siéntate entre dos sillas, Ajada –sugirió apresuradamente Cogollito–. A lo mejor no se da cuenta de que somos una de más.

Pero Ajada siguió plantada como un pasmarote al lado de la mesa.

—Mujer, es deseo del Señor que sirvas el vino –declaró el Chambelán dirigiéndose a ella en tono altanero. Y chasqueó los dedos.

Un criado se acercó y tendió a Ajada una jarra de vino.

—Pero... Esto es un error. Ella no es una Mujer. Es una Dama –saltó Miaja poniéndose en pie–. Yo serviré el vino.

—Vuestra Hermosura no servirá nada –replicó el Chambelán–. Las Damas no sirven a sus iguales.

—¡Yo no soy una Dama! –protestó Miaja.

—Vuestra Hermosura está sentada a la mesa de las Damas. Es una Dama.

—Pero... ¡No me da la gana de ser una Dama! ¡Leñe! ¡Rediez! ¡Mecachis mil veces! ¡Por las barbas de mi abuelo!

Miaja se levantó y caminó alrededor de la mesa con andares de pato, haciendo muecas y poniéndose bizca. Todos los invitados a la fiesta la miraban incrédulos. En el silencio que se había hecho en el salón, retumbó el ruido sordo de un gong, que hizo tintinear la vajilla y los cristales de las lámparas. Las miradas volaron de Miaja a la Cortina de Gran Gala: el Señor tenía algo que decir.

El Chambelán de los Altos Chanclos corrió a la tarima, subió las escaleras, perdió un chanclo en el camino y pegó la oreja a la cortina de terciopelo. Luego hizo un gesto con la mano a dos Amarillos y señaló a Miaja. La niña vio con horror que los Soldados se acercaban a su silla. Cerró los ojos y...

Y oyó una musiquilla alegre y desenfadada. Miró a su alrededor: Un torbellino de gentes con máscaras y vestidos de colores llenaba la sala. Unos bailaban, otros hacían piruetas. Los Soldados que un momento antes pretendían acercarse a ella estaban rodeados por un corro de mujeres que giraban vertiginosamente y les cerraban el paso con sus manos enlazadas.

De pronto la música y el movimiento se detuvieron, como obedeciendo a una señal secreta. Un hombre enmascarado y vestido de blanco se acercó cojeando al centro del salón y declamó con voz profunda:

Tengan muy buenas noches
las gentes de este Castillo,
y que el cuento que contamos
les resulte entretenido.

Es de un gran rey poderoso
y por todos muy temido,
dueño de hombres y bestias
y casi casi divino.

Al decir el narrador estas palabras, saltó al centro de la sala un hombre altísimo, envuelto en una capa roja, con el rostro oculto por una máscara roja y tocado por una corona roja. El Rey Rojo empezó a pasearse por la sala con andares arrogantes, al ritmo de una música solemne que por momentos se hacía burlona. El narrador continuó:

Enfrentaba a sus soldados
y los hacía enemigos,
así no se le oponían,
luchando contra sí mismos.

De tres esquinas del salón saltaron al centro tres grupos de hombres. Un grupo vestía de rayas, otro de cuadros y el terceros de lunares. Los hombres llevaban máscaras tan feroces como grotescas, y no tardaron en enzarzarse en peleas que espantaban y daban risa a la vez. Todos rieron en la sala menos los Soldados.

El narrador continuó:

De las mujeres hacía
seres bobos, presumidos,
por fuera llenos de gracia
pero por dentro vacíos

Los Soldados dieron paso a unas cuantas mujeres, que se pavonearon por el salón meneando unos traseros imponentes y vistiendo las ropas más estrafalarias que se hayan visto. Su maquillaje exageraba el tamaño de los ojos y los labios hasta extremos ridículos. Sus peinados parecían pasteles de boda. Todos en el salón rieron, menos las Damas.

Ni los unos ni las otras
lamentaban su destino,
pues mascaban día y noche
de las hierbas del olvido,
que hacían de ellos marionetas,
seres fofos y pasivos.

Ahora nadie reía. Tras la Cortina sonaba insistente el gong del Señor, pero el Chambelán no podía acudir a su llamada, porque dos niñas que bailaban le cortaban el paso. Los Soldados, con la mirada algo extraviada por el extravío, esperaban la orden de lanzarse sobre aquel cómico insolente. Este levantó las manos en un gesto apaciguador y aclaró en tono festivo:

Que nadie se me alborote
por las cosas que aquí digo.
Es una historia inventada
que jamás ha sucedido.

Un murmullo de alivio recorrió el Salón Suntuoso. El narrador continuó:

¿Pues cómo sería posible
que ese gran rey que yo digo
mandara bestias y hombres
si ninguno lo había visto?

La sala volvió a agitarse.

Pues sí, queridos oyentes,
ese hombre omnipotente
nunca era visto por nadie,
ni de espaldas ni de frente.

Ahora el gong retumbaba sin parar, pero nadie parecía darse cuenta.

Aseguraba el ministro
que mil veces lo había visto,
y por no ser menos que él
lo mismo un soldado dijo.
Y después de este, un segundo,
un tercero, un cuarto, un quinto.
Las Damas lo comparaban
con los rayos del sol mismo,
y todo aquel triste reino
vivía un triste espejismo...

—Eso es verdad. Yo he sido su favorita hasta hace poco y nunca lo he visto.

Ajada no habló muy alto, y sin embargo su voz tuvo más efecto que el gong del Señor: se hizo un silencio absoluto en el salón. Por eso se oyó tan bien a Pitiminí cuando declaró con su voz cristalina un poco quebrada:

—Yo soy ahora la favorita del Señor, y tampoco lo he visto.

—Ni... Ni yo –afirmó unos instantes más tarde un Escarlata.

—Ni yo –confesaron a la vez el Chambelán Sin Chanclos y un Ingeniero.

—Yo... O no lo he visto o lo he olvidado –admitió una Mujer que en sus tiempos había sido Dama.

—¡Silencio! –ordenó el Chambelán de los Altos Chanclos–. No todos tenéis derecho a su Soberana Presencia.

—Ya os he dicho antes que esta historia es pura fantasía –interrumpió el narrador–. Mi rey nada tiene que ver con vuestro Señor. Dejadme terminar mi historia antes de juzgarlo.

El cómico se aclaró la garganta y siguió recitando:

Si aquel gran rey se ocultaba,
buenas razones tendría.
¿Su belleza deslumbraba
como el sol a mediodía?

¿Era cosa tan divina
que nadie la merecía?

La figura roja y descomunal que representaba al rey empezó a pasearse entre las mesas. Llevaba en la mano un pedacito de espejo, con el que captaba la luz de los candelabros y deslumbraba a los invitados.

Dando vueltas al asunto,
se me ocurrió otra teoría.
De tan grotesca hace gracia,
pues si no, no la diría...

El narrador guardó silencio un tiempo, manteniendo en vilo al auditorio. Cuando el público ya no aguantaba más sin respirar, clamó:

¿Y si aquel rey fuera horrible,
monstruoso como una harpía?
O peor: ¿tan poca cosa
que al mirarlo uno reiría?
Obseso por la belleza
de que él mismo carecía...

En esto, el *gran rey* pareció partirse por la cintura. Su parte de arriba saltó al suelo. La de abajo, envuelta en la capa, salió corriendo de la sala ante el asombro del público: la figura roja estaba formada por dos hombres bajitos uno encima del otro. O más bien dos niños. El niño que quedaba en escena se despojó de su máscara y bajo ella apareció otra que mostraba un rostro contrahecho y horrible. Al mismo tiempo empezó a caminar encorvado, cojeando y con los pies para dentro.

¡La que se armó en la sala! Los invitados gritaban, el gong retumbaba, el Chambelán ordenaba a los Soldados que apresaran a los cómicos. Los Soldados dudaban, o quizá no lo oían. Aprovechando el desconcierto, el narrador se acercó prudentemente a la puerta y voceó:

¡No puedo acabar la historia
en medio de este bullicio!
Poned vosotros el fin
como yo puse el inicio.
Y pasemos ahora, amigos,
a los fuegos... ¡de artificio!

Los actores que habían invadido el salón volvieron a cantar y a hacer piruetas. Las mujeres volvieron a girar mareando a los Soldados. El niño que hacía de rey contrahecho tomó a Miaja de la mano y la arrastró tras de sí. Un instante después, todos abandonaban la sala.

En la puerta chocaron con un Vigía Amarillo que hacía la guardia en las almenas. Venía a comunicar que el Bosque estaba en llamas.

20

No todo el mundo está dotado para el teatro. Eso lo habían entendido enseguida los sombrinos. Hay gente a la que se le da mejor incendiar bosques que recitar versos, y aun otros que prefieren las misiones peligrosas, como asaltar Castillos en mitad de la noche. Este era el caso de Ña Ortiga, que avanzaba por el páramo a la cabeza de un puñado de sombrinos, armada con un cuchillo de cocina y la mayor de sus sartenes. A su lado marchaba Bizco, que no tenía ninguna gana de asaltar Castillos, pero sí de ver a Coz, la burra con los cuartos traseros mejor puestos del páramo de Sombra.

Anochecía. A esa hora era casi imposible distinguir desde el Castillo las capas pardas (y el lomo gris) de los expedicionarios. Al menos eso esperaban ellos. Les temblaron un poco las piernas (y las patas) cuando tomaron el Camino Prohibido. Pronto Bizco se puso a la cabeza de la expedición. Un sexto sentido le indicaba por dónde ir, pero aun así varias veces estuvo en un tris de despeñarse. El camino era difícil y engañoso, especialmente a aquella hora en que empezaba a borrarse el contorno de las cosas. Se bifurcaba a menudo en senderos falsos que desembocaban en barrancos camuflados por matorrales. Pero finalmente dieron con el rastro de polvos blancos y ya no les costó tanto seguir el camino correcto: sabían que Maese Rancio había subido con la *troupe* de artistas llevando bajo el poncho un saco roto de harina.

Pero, ay, el rastro de harina se interrumpió a la vuelta de un recodo, junto a la pared de roca. No había posibilidad de seguir avanzando por ningún sitio. Se diría que la montaña se había tragado a actores y soldados. Bizco se puso a rebuznar lastimosamente, pero muy bajito, porque era un burro prudente. Los sombrinos, desanimados y jadeantes, se sentaron apoyando las espaldas contra la roca. A sus pies, en la oscuridad ya casi completa, se veía un resplandor.

—El bosque arde ya –murmuró Maese Oxidao–. ¡Y aún no hemos dado con la entrada!

—Desde aquí veremos salir a los Soldados –dijo Ña Ortiga intentando sonar convencida–. Y entonces sabremos por dónde entrar. No creo que tarden. Por la cuenta que les trae.

En efecto, el incendio ponía en peligro la supervivencia del Castillo. El Bosque suministraba toda la leña que se consumía allí. Sin leña, ¿con qué se iluminarían, con qué cocinarían y, sobre todo, con qué se calentarían los habitantes de la cima helada de la montaña?

Por eso los sombrinos sabían que los Soldados bajarían en masa a apagar el incendio. Y que esa sería su ocasión para entrar en el Castillo desprotegido... si encontraban la entrada.

No tenían ni idea de que la entrada estaba allí mismo, sirviéndoles de respaldo: de pronto los sombrinos sintieron que la pared en que estaban apoyados cedía. Dieron un bote todos a una y vieron cómo la roca se deslizaba dejando a la vista una abertura. De la abertura surgieron cuatro jinetes, que se precipitaron camino abajo espoleando sus caballos. La pared se cerró un momento y volvió a abrirse, dejando salir otros cuatro caballos con sus hombres. Ya eran ocho. Y luego fueron doce... dieciséis... veinte... veinticuatro...

—¡Ay! ¡Ánimas benditas! –musitó Maese Borregón–. ¡Esto es cosa de brujería!

Pero, superado el espanto inicial, los sombrinos se dieron cuenta de que el acceso funcionaba con un mecanismo bastante simple. La roca se movía como un gran torno, como una puerta giratoria. Una puerta que, al tiempo que dejaba salir a los Soldados, podría dejarles a ellos entrar. De modo que, cuando la siguiente remesa de jinetes salió por la izquierda de la puerta, un primer grupo de sombrinos se coló por la derecha. Los Soldados no les impidieron el paso. Quizá no los vieron. O los tomaron por una visión producida por el extravío de la fiesta. O puede que considerasen más urgente ocuparse del incendio que de unos cuantos tipos andrajosos armados con palos y cacharros de cocina.

Entretanto, Miaja corría, casi volaba, por los pasillos del Castillo, arrastrada por la mitad de arriba del Gran Rey Rojo.

—¿Quién eres? ¡Suéltame! –chilló cuando al fin se lo permitió la sorpresa.

—¡Anda, calla y sigue corriendo! –repuso la figura colorada–. ¡Vaya manía de crearte problemas! ¡Que a la niña *no le da la gana de ser Dama, leñe*! ¿Siempre tienes que andar provocando?

—¡Nulo! –exclamó Miaja reconociendo la voz de su amigo.

Se abalanzó sobre él para abrazarlo y los dos rodaron por el suelo.

—¡Miaja, hija mía!

—¿Estás bien, tesoro?

Ahora un actor vestido de soldado y una actriz disfrazada de Dama corrían al encuentro de Miaja.

—¡Padre! ¡Madre! –chilló Miaja.

La escena que siguió fue tremendamente conmovedora, pero no es cuestión de detenerse en ella cuando tantos acontecimientos se estaban precipitando en el Castillo. Para empezar, prácticamente todos los Soldados se habían ido a apagar el fuego del Bosque. Pero los pocos que quedaban perseguían a los cómicos de Sombra. No les costó mucho atrapar al narrador, cojo como era.

—¿Puedo saber por qué me apresáis? –les preguntó muy digno Maese No, al que supongo que ya habrás reconocido hace rato.

—¡Son órdenes del Señor! –replicaron los Soldados.

—¿Del Señor? Yo no he oído al Señor decir nada.

—Pero el Chambelán de los Altos Chanclos ha dicho que él ha dicho...

—¿El Chambelán de los Altos Chanclos? ¿Vais a hacer caso a un hombre que no sabe tenerse sobre sus zapatos?

Los Soldados titubearon. Y en ese momento se oyó a lo lejos un griterío sordo.

—Se diría que viene del Patio de las Bocas... –comentó un Soldado.

—Así es –confirmó Maese No–. Nuestros hombres acaban de entrar por el túnel de

Sombra y están allí. Ahora estáis en minoría. Deberías rendiros. O mejor: deberíais enteraros de una vez de quién es vuestro Señor, y así podréis decidir de qué lado estáis.

Por lo visto a los Soldados no les pareció mala la idea. A paso ligero, desaparecieron en el Salón Suntuoso en busca de su Señor.

Los actores de la compañía teatral, junto con los refuerzos recién llegados de Sombra, se desparramaron entonces por el Castillo sembrando la rebelión:

—¡Nadie ha visto a vuestro Señor! Servís a un amo que no existe.

—Vuestra debilidad era su fuerza. ¡Sed fuertes y él será débil!

—¡Se acabó el tiempo del miedo!

—¡Escupid esas hierbas que os atontan! –gritaba Ña Ortiga–. ¡Estáis mascando veneno!

—¡Que nos siga quien quiera dejar el Castillo!

Al principio los habitantes del Castillo no reaccionaban. Los que estaban encerrados no osaban salir cuando los sombrinos forzaban los candados de sus celdas. Muchos de ellos llevaban más tiempo del que podían recordar sin moverse de allí, haciendo los trabajos más duros y sucios. Hubo que sacarlos de la mano, llevarlos por las dependencias del Castillo, enseñarles que ya no había Señor, ni Chambelán, ni Soldado que les mandase.

Cuando se convencieron de que era cierto, empezaron a reír, a correr, a cantar, a aullar de alegría, a abrazarse entre sí, a reencontrarse. Bueno, a reencontrarse no siempre. Algunos antiguos habitantes de Sombra llevaban tanto tiempo en el Castillo que se habían olvidado de los suyos. Huían avergonzados y tímidos cuando sus familiares trataban de abrazarlos. El tiempo, el trabajo duro y la pasta de extravío habían borrado el pasado de sus memorias.

Después de la alegría, vino la furia. No me gusta decirlo, pero no quiero faltar a la verdad: cuando los habitantes del Castillo hubieron celebrado la liberación y los reencuentros, se pusieron a destrozar cuanto encontraban a su paso. Las Sirvientas friegaplatos hacían papilla la vajilla en la cocina. Los Fogoneros, encargados de mantener caliente el Castillo, abandonaron las calderas y se dedicaron a destrozar puertas y muebles con sus hachas. Una Mujer bordadora desgarraba sábanas como una posesa. El *sommelier*, encargado de servir los vinos, se atiborraba de tinto de Quimera con la boca pegada a un barril. Las Damas... ¿y las Damas? ¿Dónde estaban las Damas?

21

HABÍAMOS dejado a las Damas en el Salón Suntuoso, en ese momento de confusión en que los actores salían y el Vigía entraba anunciando el incendio en el Bosque. Cuando los Soldados abandonaron en tropel el salón para ir a apagar el fuego, ellas se quedaron con los ojos clavados en la Cortina de Gran Gala que ocultaba al Señor.

Ajada, que aún tenía en la mano la jarra de vino que le habían encomendado, repitió lentamente en voz alta:

¿Y si aquel rey fuera horrible,
monstruoso como una harpía?
O peor: ¿Tan poca cosa
que al mirarlo uno reiría?
Obseso por la belleza
de que él mismo carecía...

Dejó caer la jarra, que se estrelló con estrépito contra el suelo, y corrió al estrado. Un momento después, las Damas la seguían con las faldas remangadas.

Ajada tiró con decisión de la Cortina de Gran Gala. Encontró detrás otra cortina, esta de seda. La retiró y dio con otra de lana. Apartó la tercera, impaciente, y se encontró una cuarta de arpillera... Se abrió paso a manotazos entre aquella maraña de cortinas, cada vez más modestas, hasta llegar a la última, que era un simple harapo y que ocultaba la entrada a una de las Galerías Privadas del Señor.

—¡A por él, chicas! –gritó Ajada.

Las demás Damas se internaron también entre las cortinas y acabaron desapareciendo en la oscuridad de la galería.

Aquello era un verdadero laberinto. Túneles en tinieblas que se bifurcaban, subían, bajaban, se cortaban o volvían al lugar de origen. Por suerte los Ojos del Señor evitaron que las Damas se perdieran completamente. Esos pequeños agujeros practicados aquí y allá en el muro les permitían saber en qué parte del Castillo estaban. A través de los Ojos se colaba de vez en cuando el resplandor de las antorchas que alumbraban el interior del Castillo. El resto del tiempo las Damas caminaban a tientas, en una fila india que se hacía cada vez más corta, según se iban separando en las ramificaciones de los pasillos.

Ajada caminaba deprisa, llena de rabia y de miedo a partes iguales. En la nuca sentía el aliento entrecortado de la Dama que la seguía.

—No hagas ese ruido al respirar, por favor –murmuró–. Me hiela la sangre. Es como respira *él*.

—Yo no hago ruido al respirar –protestó Pitiminí, que marchaba delante–. Soy una Dama.

—No digo tú –replicó Ajada–. Digo la que va detrás.

Solo entonces cayó en la cuenta de que no debía de haber nadie detrás. Hacía rato que Pitiminí y ella marchaban solas. Sintió que los pelos se le ponían de punta.

—Es... –murmuró–. ¡Es él! –chilló–. Detrás de mí.

En ese momento la respiración que antes oía se hizo más fuerte y más entrecortada. En el suelo de piedra resonaron pasos precipitados que se alejaban.

Pitiminí y Ajada dieron media vuelta y se lanzaron a perseguir al Señor.

Corrieron como nunca habían corrido. Cayeron varias veces, se chocaron contra varias esquinas, perdieron varios zapatos (uno cada una). En una ocasión fueron a dar a un pasadizo sin salida y tuvieron que retroceder, de modo que ahora era Pitiminí quien encabezaba la marcha. Eso las salvó: poco después se internaron en un túnel tan estrecho, que la enorme falda abullonada de la favorita quedó encajada entre sus paredes y esta no pudo seguir avanzando. Ajada, que llevaba una falda más ligera, chocó contra su compañera y tuvo que pararse también.

—¡Qué peste! –exclamó Pitiminí tapándose la nariz.

—¡Y que lo...!

Ahí fue cuando escucharon el alarido. Fue un grito escalofriante que parecía llegar del fondo de la tierra, y que se multiplicó rebotando contra las paredes del túnel, cada vez más fuerte. Luego se oyó un *chof* muy lejano y algo desagradable, como el *chof* que hace un zapato al meterse en un charco de lodo.

Pitiminí comprendió de pronto.

—¡El Pozo Negro! –exclamó.

—¿Dónde? –preguntó Ajada.

—Tiene que estar muy cerca...

Con un súbito presentimiento, adelantó su piececito de Dama tanteando el suelo delante de ella. No había tal suelo. El Pozo Negro comenzaba allí mismo. Pitiminí empezó a temblar como una hoja, y la chinela que llevaba resbaló de su pie. Le dio tiempo de rezar un avemaría antes de oír el *chof* correspondiente. Más que un Pozo, aquello era un abismo. El abismo donde se iba acumulando toda la basura que producía el

Castillo. Y ese abismo de porquería envolvía ahora al Señor que nunca llegarían a conocer.

—Que Dios se apiade de su alma –musitó Pitiminí entre náuseas.

—Que así sea –asintió Ajada.

22

El Castillo amaneció envuelto en una nube de cenizas que subían del Bosque. Dentro, todo parecía haber dado un vuelco. Los altos Funcionarios, intentando pasar inadvertidos, habían cambiado sus ropas lujosas por otras mugrientas y andrajosas, y se habían escondido en los sótanos. Los habitantes de esos sótanos, los sirvientes más humildes, se paseaban por los patios y las salas vistiendo las ropas de sus amos, y tambaleándose como borrachos bajo la luz blancuzca del día. Algunos llevaban años recluidos, sin ver más luz que la de las antorchas.

Alguien abrió las esclusas del Pantano, y el agua corrió caudalosa y alegre río abajo.

Los niños de Sombra jugaban al escondite en los corredores, se bañaban en las fuentes, se atizaban entre sí con almohadones de pluma de ganso. El bruto de Mendrugo, tratando de alcanzar a un ruiseñor con su tirachinas, hizo añicos el cielo sobre su cabeza. O eso le pareció. En realidad solo había roto un cristal de la bóveda del Patio de las Damas. Cuando se le pasó el susto, le gustó tanto la experiencia que fue a repetirla por otros patios del Castillo.

A eso del mediodía, volvieron agotados los Soldados y golpearon con sus lanzas la piedra giratoria que daba acceso al Castillo.

—Ya no tenéis nada que hacer aquí –replicaron los sombrinos de guardia–. Sois los Soldados del Señor y el Señor ya no existe.

Se oyó un murmullo de voces agitadas del lado de fuera de la roca. Los Soldados discutían su nueva situación. Finalmente, una lanza volvió a golpear la pared y una voz ligeramente temblona dijo:

—No siempre fuimos Soldados. Antes éramos gente como vosotros. Podemos volver a serlo.

Tras mucho discutir, los sombrinos acordaron dejar pasar a los Soldados uno a uno. A medida que entraban en el túnel, los desarmaban, les quitaban los cascos y los miraban con rencor y desconfianza. Intentaban descubrir cuál de esos hombres había escupido un día en su mercancía, cuál había pisoteado su puesto, cuál se había llevado su ternero recién nacido. Pero era imposible reconocer a los antiguos Soldados arrogantes en aquellos tipos sucios y derrotados. En cambio, cuando los ex soldados emergieron del otro lado del túnel, en el Patio de las Bocas, los sombrinos que allí esperaban reconocieron en sus caras tiznadas a vecinos y parientes, que se habían convertido hacía ya mucho tiempo en soldados del Señor.

—¡Mequetrefe, dichosos los ojos!

—¿Zascandil? ¿No eres tú mi Zascandil?

Los ex soldados se rascaban la cabeza, confusos. La nube que parecía envolver su pasado se rasgaba un poquito y...

—Pues... No sé... –dudaban–. Aunque, ahora que lo dices... ¡Sí!... Creo que así me llamaba.

Pero no todos los habitantes del Castillo eran antiguos vecinos de Sombra. Algunos venían del otro lado de la montaña, de la comarca de Quimera, que también estaba comunicada con el Castillo por un túnel que desembocaba en el Patio de las Bocas. Y muchos otros no recordaban ni siquiera de dónde venían. Lo habían olvidado, a fuerza de años, encierro, trabajo embrutecedor y pasta de extravío.

Los de Sombra sentían lástima por esa gente sin pasado. Lástima y también desconfianza. Maese Obtuso, por ejemplo, miraba de través a un hombre escuchimizado y con cara de susto. Se había empeñado en que era el mismísimo Señor, que se hacía pasar por un don nadie.

—Sí, sí. Ya sé que dicen que está en el Pozo Negro –repetía–. Pero... ¿Quién puede asegurarlo?

—Hundido en el Pozo Negro o convertido en una persona como las demás... ¿Qué más da? –le replicó Maese No–. La cosa es que el Señor ya no existe.

De mala gana, Maese Obtuso acabó por darle la razón.

23

Nulo tiró por enésima vez de la manga de Maese No.

—¡Padre! ¿Has visto ya a mi madre?

Maese No no le oyó. Estaba rodeado por una nube de hombres y mujeres que le hablaban a la vez. Se encontraban en el Patio de las Bocas, donde se había congregado la mayor parte de la gente, quizá por ser este patio el mayor del Castillo, o porque era donde se abrían las bocas de los túneles de Sombra y Quimera.

—¡Padre! ¿Que si has visto a mi madre?

Pero no es fácil hacerse oír por un líder. Y ahora Maese No era el líder. Desde que sus palabras en el Salón Suntuoso habían desencadenado la revuelta, todos le escuchaban cuando hablaba. Le consultaban en cuanto había un conflicto. Y los conflictos empezaban a abundar.

—¡Maestro, hay un salvaje rompiendo los cristales del Patio de las Damas!

—Alguien ha visto al Chambelán de los Altos Chanclos en un sótano. ¿Le tiramos al Pozo Negro, Maestro?

—Los Fogoneros no quieren encender las calderas. Dicen que ya no son Fogoneros.

—¡Hemos sorprendido a estos ladrones vaciando las despensas!

—¡No somos ladrones! ¡Es un botín de guerra! ¿Verdad que tenemos derecho, Maestro?

—¡Padre! –Nulo intentó chillar más fuerte que los otros–. ¡Acompáñame a buscar a mi madre!

Maese No le miró un momento.

—Sí, hijo, en cuanto pueda voy.

Pero enseguida otras voces acaloradas reclamaron su atención.

—¡La pipa es mía! ¡Yo la he visto primero!

—¡Tú eres un Sirviente! ¡No tienes derecho a tocar una pipa!

—¡Soy un hombre libre! ¡Toco lo que me da la gana!

—¡Un momento! ¡Escuchadme!

La voz de Maese No acalló el tumulto. Era esa voz firme y convincente que Nulo había escuchado por primera vez la noche en que habían decidido subir al Castillo. Nulo supo que el *"en cuanto pueda"* de su padre iba a demorarse mucho. Se alejó del corro cabizbajo.

—¡Oídme! –Maese No siguió hablando a sus espaldas–. Cuanto menos tiempo estemos en el Castillo, menos problemas habrá. Propongo que dejemos todo como está y nos marchemos inmediatamente a nuestras casas.

Se alzaron numerosas voces de protesta.

—¿Marcharnos? ¿Quién piensa en marcharse?

—Se está estupendamente aquí –declaró Maese Borregón.

—El Bosque se ha quemado, ¿no os acordáis? –replicó Maese No–. Sin leña, no habrá forma de mantener caliente este lugar.

—Con beberse unas botellitas de vino de la bodega del Señor... –propuso Maese Tarugo, que ya se había bebido unas cuantas.

—Pronto no quedará vino, si no estamos

nosotros abajo para producirlo –replicó Maese No.

—¡Yo igual me quedo! –afirmó Maese Borregón–. Aquí todo es bonito y lujoso. Abajo la vida es miserable.

—Era miserable porque el Señor nos chupaba la sangre –replicó Maese No–. Pero eso se acabó. Todo lo que hay de valioso aquí lo hemos hecho nosotros o gente como nosotros. Podemos volver a hacerlo abajo. Y esta vez nadie nos lo robará...

—Maese No tiene razón –le apoyó Ña Ortiga–. ¡Vámonos a casa!

—¿Qué casa? Ni siquiera sé dónde está mi casa –repuso uno de los hombres sin memoria.

—Tu casa estará donde tú elijas que esté –repuso Maese No–. Ahora eres libre.

—¡Pues si somos libres para irnos, lo somos para quedarnos! –se empecinó Maese Borregón cruzándose de brazos.

—Supongo que sí –murmuró Maese No.

Todos callaron un momento, como si cada uno pensara qué opción elegir. Por un cristal roto de la bóveda se coló un viento gélido y ululante, cargado todavía de cenizas del Bosque. El patio tenía un aspecto sucio e inhóspito tras la revuelta de la noche.

—Bueeeno... –empezó Maese Borregón–. Ya que os ponéis tan pesados, me iré. Pero me iría mucho más a gusto si pudiera llevarme algo bien bonito conmigo. He visto una alfombra en el Salón Suntuoso...

—A mí me gusta el armario ese tan estrecho y tan alto –interrumpió Maese Obtuso–. El que tiene un ojo y suena.

—Es un reloj de péndulo –intervino un antiguo Sirviente–. Y adelanta.

—Yo siempre he querido dormir en una cama con dosel... –suspiró Pita Cañamona.

—Yo quiero tener un pájaro de esos que abren la cola...

Todos empezaron a hablar a la vez de las cosas del Castillo que les gustaría poseer.

—Bueno, ¿y por qué no repartimos entre nosotros las riquezas del Castillo antes de irnos? –propuso alguien.

—Es imposible bajar todo hasta el pueblo –objetó Ña Ortiga.

—El reparto no traería más que problemas –añadió Maese No.

—¡Solo cogeremos cosas pequeñas!

—¡Seguro que la cama con dosel se puede desmontar!

—El pájaro de la cola grande anda solo...

—¡Un momento! El pájaro me lo he pedido yo.

Maese No suspiró, sin saber qué hacer. Pero no tuvo que hacer nada, porque ya el destino se iba a encargar de dar el paso siguiente: un estruendo sacudió el Patio de las Bocas e hizo trizas numerosos cristales de su bóveda. El cielo se lleno de nubarrones grises, redondos y amenazadores como bolas de hierro. Los cristales que continuaban en su sitio tomaron un resplandor naranja... Pero... ¡todo el mundo quieto! Aún es pronto para llegar a la explosión: algunos personajes de la historia se han quedado rezagados y hay que darles un empujoncito para que lleguen a este momento. Y eso vamos a hacer en los capítulos siguientes.

24

—¡No te pongas así! Si tu padre está ocupado, la buscamos nosotros –Miaja pasó el brazo por los hombros de Nulo–. Él te ha explicado cómo es, ¿no?

—Todas las noches desde que supe que existía –contestó Nulo–. Dice que se parece mucho a mí... Y que es preciosa.

—¡Vaya! El bicho feo de Sombra se nos ha vuelto vanidoso –se burló Miaja.

A Nulo se le encendieron las orejas.

—Yo solo digo lo que él dijo... –barbotó.

—Ya lo sé, tonto –Miaja le dio un codazo cariñoso–. Si es tan preciosa como dices, seguramente es una Dama... ¿Qué más te ha dicho tu padre?

—Pues.... Que tiene la piel muy blanca y el pelo y los ojos muy negros... Que se le hace un hoyuelo en la mejilla derecha cuando sonríe...

—Ojos negros... varias –reflexionó Miaja–. Pelo negro... ¡vete a saber! Es imposible saber de qué color tiene realmente el pelo una Dama. Hoyuelos... No me suena. Claro que las Damas no sonríen casi nunca. Lo mejor es que vayamos a ver ahora mismo.

En los aposentos de las Damas nevaba. Pero no nevaba nieve, sino plumas de ganso, porque alguien había destripado todos los cojines y los edredones de las camas. Una mezcla de aromas hacía el aire denso y empalagoso, porque otro alguien, o quizá el mismo, había vaciado los frascos de perfume de las Damas.

Guiados por el ruido de risas y exclamaciones, Miaja y Nulo se asomaron a la habitación de la preferida. Había allí unas cuantas mujeres que se vestían, se peinaban y se maquillaban unas a otras. Pero resultaba difícil decir si eran Damas, Mujeres, Sirvientas, vecinas de Sombra... o esperpentos.

—¡Ay, hija, estás aquí!

Una mujer vestida con el traje rojo fuego

de la favorita se volvió hacia Miaja. También su cabellera era de color rojo. La niña tardó unos segundos en reconocer a su madre.

—Esta señora me ha prestado una peluca –Ña Rancia se la quitó riéndose y mostró su cabeza rapada–. Pero creo que mejor me dejaré crecer de nuevo el pelo.

La tal señora era Pitiminí, pero Miaja también tardó en identificarla, con aquel pelo enmarañado y envuelta en esa capa color panza de burro.

—¿Cuáles son las Damas? –preguntó Nulo a Miaja.

—Pues... Creo que no va a ser muy fácil reconocerlas.

Nulo se empezó a pasear tímidamente entre las mujeres. Estaba seguro de que si veía a su madre algo saltaría dentro de él y le daría el aviso. Pero recorrió varias veces la sala y no hubo tal aviso. Desanimado, se dejó caer en un almohadón, que dejó salir con un resoplido las pocas plumas que le quedaban.

—Bah, no pierdas la esperanza –le dijo Miaja–. ¿Sabes qué? Creo que lo mejor será explicarles todo. Así tu madre se dará a conocer.

Ni corta ni perezosa, Miaja empezó a dar palmadas y a pedir silencio.

—¡Que me escuchen las Damas! ¡Tengo que hablar a Sus Hermosuras!

—¡Ya no son Sus Hermosuras! –le recordó una antigua Sirvienta–. Ahora somos todas iguales.

—Bueno, pues... Sus antiguas hermosuras... Guapinas mías... –prosiguió Miaja–. Escuchadme, que esto es serio.

Cuando Miaja empezó a hablar, las Damas no prestaron atención y siguieron metiendo bulla. Pero a medida que avanzaba el relato, se iban callando. Cuando Miaja explicó cómo la mujer de Maese No había dado a luz a un niño en el Castillo, no se oía una mosca.

—Esa mujer sigue aquí, si no ha muerto –continuó Miaja–. Y ese hijo es mi amigo Nulo, que busca ahora a su madre entre voso...

No pudo seguir hablando. Un enjambre de Damas se abalanzó sobre Nulo. El niño fue abrazado, besado y achuchado hasta quedar sin respiración.

—¡Hijo mío!

—¡Mi vida!

—¡Luz de mis ojos!

—¡Ven con mamá!

—La hemos armado... –musitó Miaja.

Y en ese momento, muy oportunamente, sonó la explosión.

25

MIENTRAS el resto del Castillo hervía de actividad, en un sótano remoto y húmedo dormitaba, o parecía dormitar, un hombre bajito y regordete, envuelto en una capa vieja. ¿Quién era este hombre? No lo sabemos. En este capítulo, saber saber, vamos a saber muy pocas cosas. Todo tendremos que suponerlo.

Te explico: los demás capítulos se basan en lo que contaron los propios protagonistas de la historia. Pero de los protagonistas de este capítulo nunca se volvió a saber, y no hubo otros testigos que ellos mismos de lo ocurrido. De modo que he tenido que inventar mi versión de los hechos*.

---

* Si se te ocurre una mejor, no dudes en comunicármela, y a lo mejor podemos incluirla en la próxima edición de este libro. (Nota de la autora.)

Supongamos que el hombre del sótano era, como aseguraron luego algunos, el propio Chambelán de los altos Chanclos, que había cambiado los chanclos por una capa roñosa. Y supongamos que no dormía. No. Pensaba. ¿En qué? Pongamos que pensaba en el extravío. Porque aquel tipo, además de ser servil, vanidoso y muy dado a las caídas aparatosas, era ambicioso y astuto. Sabía que el extravío era el verdadero tesoro del Castillo, una fuente de poder mayor que todas las riquezas del Castillo juntas. Sabía que quien controlara la producción de extravío controlaría también la voluntad y la memoria de las gentes. Y así controladas, volverían a apaciguarse y a servir como antes habían servido. ¿A servir a quién? Pues, con un poco de suerte, a él mismo, convertido en nuevo Señor del Castillo.

El Chambelán esperaba el momento oportuno para acceder a las Galerías Privadas del Señor sin ser visto, y de estas a la Torre del Extravío. ¿Y cómo pensaba orientarse en aquel laberinto? Pues no me extrañaría que se hubiera hecho con un plano de las partes secretas del Castillo. Todo se podía obtener en aquel lugar si uno tenía saleritos de extravío para pagarlo.

En algún momento dejó de oír pasos sobre su cabeza. Entonces se ocultó bajo su capa roñosa y emprendió el camino, con los mismos pasitos cortos y ridículos que daba cuando usaba los altos chanclos. Estoy casi segura de que seguía caminando así aun ahora que iba descalzo. Hay ciertas costumbres que son difíciles de perder.

No sé si tardó o no tardó en dar con la Torre del Extravío, pero apuesto a que la encontró y entró en ella, y al entrar le recibió una bofetada de calor. Vio en el centro de la sala, sobre un hogar encendido, un caldero humeante, quizá lleno de raíces de extravío. No había más luz que la de aquel fuego. En la penumbra se distinguía el contorno de varios baldes, un recipiente con forma de embudo, algo que parecía una prensa. En las paredes brillaban levemente unos cuantos frascos de cristal alineados en una estantería. Esto de los frascos es importante. Posiblemente estaban llenos de ácidos muy peligrosos.

Pero el Chambelán pasó la vista rápidamente por todas estas cosas y localizó lo que buscaba casi antes de que yo pueda imaginarlo: era un saco de lona que yacía en un rincón. Y contenía polvo de extravío suficiente para abastecer al Castillo durante meses. Se precipitó sobre su hallazgo, pero una voz le detuvo antes de que pudiera tocarlo.

—¡*Ataz*!

Del otro lado del hogar acababa de surgir un hombre barbudo, flaco como un suspiro. Su rostro chupado y sin dientes parecía arder con el resplandor de las llamas. En sus ojos había una chispa de locura. En su boca, una bola de pasta de extravío. Era el Alquimista, que vivía prisionero en la Torre desde hacía años, fabricando polvos de extravío.

Supongo que aquella aparición fantasmal dio un buen susto al Chambelán, pero ya hemos visto que no perdía fácilmente la compostura. Cuando finalmente habló, lo hizo en tono autoritario:

—El Señor ha muerto y yo soy su sucesor –dijo–. Ahora el extravío es mío.

—¿Tuyo? ¡No me *hagaz deíd*! –el Alquimista graznó enseñando su boca sin dientes–. Yo *zoy* el *hedededo* del *Zeñod*, *podque* yo tengo el *zequeto* de la *fabicación* del *extavío*.

El Chambelán dudó unos instantes, y luego se dirigió a la puerta abanicándose con el plano de las Galerías Privadas.

—Muy bien –dijo–. Púdrete ahí con tu secreto. Sin mi ayuda no serás capaz de salir nunca de este laberinto –agitó de nuevo el plano–. Morirás de hambre y sed antes de conseguirlo.

—¡*Ezpeda*! –le retuvo el Alquimista–. *Colabodemoz. Zi* me *daz* el plano de *laz Galedíaz Pivadaz, zeguidé fabicando extavío pada* ti. Tú y yo *sedemoz*... ¡un *zolo Zeñod!*

—¿Cómo es eso? –preguntó enfurruñado el Chambelán, limpiándose la cara de la saliva que salía disparada de la boca desdentada del Alquimista.

—Yo *zedé el Zeñod* en la *Zomba* –explicó muy excitado el Alquimista–. *Utilizadé* a mi *guzto* las *Galedíaz* como *antez* las *uzaba* el *Zeñod. Pedo* nunca *zaldé* de *ellaz*. Ya no *zopodtadía* la luz del *zol*... Ni la *midada* de la gente... –el Alquimista suspiró tristemente, pero enseguida se repuso y siguió explicando su proyecto–: Tú, Chambelán, *zedaz* el *Zeñod vizible. Dadaz ódenez, veztiraz* con lujo, *comedaz* con gula. *Pedo tuz ódenez* no *zedán tuz ódenez. Zedán miz ódenez*, que yo te *dictadé dezde la zomba.*

El Alquimista se detuvo para tomar aliento y cambiar de moflete la bola de pasta que tenía en la boca. Y puede que este acto encendiera la chispa en la cabeza del Chambelán: Supuso que el Alquimista había perdido todos sus dientes a fuerza de mascar pasta de extravío. Y se dijo que una persona que había mascado tanto extravío debía de tener la memoria repleta de agujeros. En cualquier momento podía olvidar un paso del proceso de fabricación de los polvos... o el proceso completo. Seguro que el Alquimista era consciente de este peligro y había anotado en algún sito la fórmula de los polvos.

—Dime... ¿No se te ha ocurrido poner por escrito la fórmula secreta? –preguntó el Chambelán.

—¡*Pod zupuezto* que no! –replicó airado el Alquimista.

Y sin él quererlo, se le escapó una mirada inquieta a la estantería que colgaba cerca de su cabeza.

Allí, entre los frascos de ácido, el Chambelán descubrió un libro. Uno solo. E inmediatamente supo que la receta que buscaba estaba escrita en él.

El Chambelán dio un paso hacia la estantería, y el Alquimista dio un paso hacia el Chambelán. Se quedaron unos momentos plantados uno frente a otro, como tanteándose. Probablemente el Chambelán acababa de decidir que aquel libro sería suyo, y que no tenía ningunas ganas de compartir el poder con un tipo esmirriado y desdentado como aquel, que cada vez que abría la boca lo sembraba todo de zetas y de baba.

Y quizá el Alquimista pensaba al mismo tiempo en cómo hacerse con el mapa de las Galerías Privadas. Porque, bien pensado, para ser un Señor en la Sombra no le hacía falta ser representado por ese tipo rechoncho, amanerado y ridículo.

No sabría decir quién dio el primer paso.

Quizá fue el Chambelán quien volcó el frasco al intentar hacerse con el libro que estaba en la estantería. O quizá fue el Alquimista al tratar de arrebatar al Chambelán el mapa. Fuera como fuera, ese frasco de ácido se estrelló contra el suelo.

El ácido era muy inflamable. La cercanía de las llamas del hogar bastó para que ardiera. Del charco de líquido se elevó enseguida una llamarada. Con el calor, los otros frascos de las estanterías fueron explotando uno tras otro, como palomitas en una sartén. El fuego produjo un humo tan espeso, que pronto dejó de verse al Chambelán y al Alquimista. Me pregunto si lograron ponerse a salvo.

26

DESDE el Patio de las Bocas, todos miraban impotentes cómo se quemaba la Torre del Extravío. No podían acudir a apagar el fuego, puesto que no sabían cómo llegar hasta ella. El sol se estaba poniendo y, con la ayuda del resplandor de las llamas, teñía el cielo de un naranja intenso. Lástima que nadie estuviera en condiciones de apreciar el espectáculo.

No tardó en colarse en el Patio una humareda negra que hacía toser y llorar. Posiblemente el fuego se estaba extendiendo por las Galerías Privadas, y los Ojos del Señor funcionaban como chimeneas que lo esparcían por doquier.

—¡Va a arder todo! –gritaron varias voces.

—¡Hay que evacuar inmediatamente el

Castillo! –voceó un Ex Escarlata que estaba acostumbrado a mandar mucho.

En el patio se formó un remolino de gente que se movía en todas direcciones. Algunos pretendían acercarse a las bocas de los túneles, otros buscaban a sus seres queridos.

—¡Taruga! ¡Taruguita! ¿Dónde estás?

—¡Falta mi hija!

—¡No encuentro a mi mujer!

—¡Miaaa-jaaa! ¡Raaan-ciaaa! –voceaba Maese Rancio.

—¡Nuuu-looo! –voceaba Maese No.

Faltaban Miaja, Nulo, varias mujeres de Sombra y numerosas castellanas, entre ellas todas las Damas. Alguien dijo haberlos visto en la Torre de las Damas, y Maese No formó enseguida un grupo de voluntarios para el rescate. Partieron tan deprisa, que el pobre Maestro cojo no pudo seguirlos. Pero volvieron con la misma rapidez, a informar de que la Torre de las Damas estaba en llamas.

—¡No podemos hacer nada por los que faltan! –gritó el mismo Ex Escarlata de antes que, además de mandón, era un tipo práctico y con las ideas muy claras–. ¡Salvémonos los que aún podemos! Cada uno que elija su destino: ¡Quimera! –señaló con gesto teatral la boca del túnel de Quimera–... ¡O Sombra! –señaló ahora la boca de Sombra.

La muchedumbre volvió a agitarse. Los que tenían claro cuál era su tierra corrían hacia la boca correspondiente, empujando a quien se les pusiera por delante. Los que habían perdido la memoria caminaban vacilantes: dos pasitos hacia la boca de Sombra, dos hacia la de Quimera. Y los que tenían familia en la Torre de las Damas se limitaban a dejarse zarandear por el ir y venir de los otros, anonadados. Maese No, sin dar un paso, se vio llevado en volandas hacia la boca de Sombra.

—¡Venga, Maestro! ¡Vámonos ya!

—¡Guíanos, Maestro! –le pedían los sombrinos.

Maese No intentó zafarse de las manos que lo arrastraban.

—Lo... Lo siento, pero no puedo irme sin Nulo.

—¡Y nosotros no podemos irnos sin ti! -gimieron los sombrinos.

—¡Tú eres nuestro Guía!

Maese No sintió que el corazón se le desgarraba en el pecho, lo cual no es extraño en un caso así, pero también sintió un dolor agudo en la coronilla, que venía menos a cuento. A su alrededor, la gente profería exclamaciones de dolor y se tocaba la cabeza.

—¡Llueven zapatos! -dijo alguien.

Todos miraron hacia arriba. En lo alto de los muros del patio, a una docena de metros del suelo, unas cuantas figuras estrafalarias agitaban frenéticamente los brazos. Solo se distinguían sus siluetas negras, recortadas contra el cielo rojo, pero bastaba ver el volumen de sus peinados y sus faldas para reconocer en ellas a las Damas. Estaban sentadas a horcajadas en la base del armazón que sujetaba la bóveda de cristal del patio. La explosión había roto muchos cristales, y los pocos que quedaban los estaban haciendo añicos aquellas locas a zapatazo limpio.

—¡Basta! ¡Basta! -gritaron los de abajo,

protegiéndose la cabeza con las manos. Los zapatos de fiesta, sobre todo, hacían un daño endiablado.

—¡Ya era hora de que nos vierais! –se desgañitó en lo alto una figurita cuya voz sonaba como la de Ajada.

—¡Llevamos un buen rato llamándoos! –gritó otra mujer.

—¡Y vosotros sin oírnos! ¡Qué criaturas bulliciosas!

—¿Cómo habéis llegado hasta allí arriba? –preguntó asombrado el Ex Escarlata.

—¡No preguntes tanto y atrapa la soga! –gritó desde arriba la voz de Pitiminí.

Sobre el patio se fue descolgando una larga cuerda. Los de abajo, siguiendo las instrucciones de las Damas, la ataron a la verja que comunicaba las caballerizas con el patio.

—Tensad... Más... Más... –indicaban las mujeres–. ¡Así! El nudo bien firme, por caridad. ¡No queremos quebrarnos nuestras lindas cabecitas!

Ahora la cuerda cruzaba el patio de lado a lado y de abajo arriba, entre la verja y el lugar en la base de la bóveda donde estaban las mujeres.

—Bien, pues... ¡Empieza el espectáculo! –exclamó Ajada intentando sonar animada. Pero le temblaba la voz.

Se aproximó a la cuerda avanzando a horcajadas en el muro y colgó de ella una percha para ropa. Se agarró a la percha, cerró los ojos, respiró hondo... y descabalgó del muro impulsándose en él con el pie.

La percha, con Ajada suspendida de ella, se deslizó por la cuerda a toda velocidad. En menos de lo que se tarda en decirlo, Ajada estaba sentada en medio del patio, en el colchón mullido formado por su amplia falda.

Sus compañeras de arriba le dedicaron una ovación. Ajada, sonrojada y radiante, quiso levantarse a saludar, pero antes de que lo lograra aterrizó sobre ella Pitiminí, que acababa de descender cuerda abajo por el mismo método. Y sobre Pitiminí aterrizó Exquisita, y sobre Exquisita una Ex Sirvienta, y sobre la Ex Sirvienta, Ña Taruga, y sobre ella... En fin, poco importa. El caso es que la montaña de mujeres crecía y crecía.

Solo Nulo y Miaja fueron lo bastante ágiles y rápidos para saltar de sus perchas antes de caer en aquella pila humana. Al instante, todos los niños de Sombra los rodearon, curiosos.

—¡Qué chulada! –exclamó Agria–. ¿No da miedo?

—La primera vez un poco, pero la segunda ya no –dijo Nulo bastante ufano.

—¿La segunda? ¿Ya lo habéis hecho otra vez? –preguntó Mendrugo.

—Claro. Hemos tenido que salir de la misma manera de la Torre de las Damas, porque ya ardía el piso de abajo.

—A ver... A ver que yo me entere –dijo un Ingeniero, intrigado por la parte técnica del asunto–. Para salir necesitabais primero tender una cuerda desde la Torre hacia el exterior. ¿Quién la ha tendido?

—Pues... Ella –Nulo señaló a lo alto de la bóveda, donde ahora quedaban solo dos siluetas, una grandona y otra menuda–. La más flaquita. Anda por los tejados y las almenas como Pedro por su casa. ¡Tendríais que verla!

Las dos figuritas parecían discutir allá arriba. Hacían aspavientos, negaban con la cabeza y se pasaban una percha de mano en mano. Por fin, la más redonda se sentó a regañadientes en el borde del muro y puso la percha en la posición de salida. Pero aun entonces seguía discutiendo con su compañera que, ni corta ni perezosa, la hizo ponerse en marcha con un empujón.

Unos segundos después Mullidita, pues de ella se trataba, aterrizaba en medio de las mujeres, derribando a las pocas que habían logrado ponerse de pie. Interrumpió los aplausos de sus compañeras con un sollozo.

—Ella no tiene percha para bajar –gimió señalando a lo alto.

Entretanto otra mujer se había suspendido de la cuerda con las manos y se balanceaba en el vacío como una campana. En el patio resonaron gritos ahogados de espanto, que enseguida se transformaron en un murmullo de sorpresa: la mujer, aprovechando el vaivén de su cuerpo, se deslizaba ahora por la cuerda avanzando alternativamente las manos, con la misma facilidad con que otro bajaría una escalera. A unos cuantos metros del final de la soga, dejó de avanzar y empezó a columpiarse cada vez más alto y más rápido, hasta que fue difícil seguir los movimientos de su cuerpo. ¿Cabeza arriba? ¿Cabeza abajo? ¿Suspendida de las rodillas? ¡Sentada ahora! Sí, durante unos segundos se la vio sentada en la cuerda con las piernas estiradas frente a ella en el vacío. Pero enseguida se reclinó hacia atrás, como si fuera a tumbarse en el aire. Y, ante el pasmo de los que miraban, aterrizó en el patio con un mortal hacia atrás impecable. La gente rompió en vítores y aplausos, que Ida agradeció con una tímida reverencia.

—¡Has estado genial, Ida! –Miaja la abrazó–. ¿Por qué no me habías dicho antes que sabías hacer eso?

—Yo, bueno... –balbuceó Ida–. No sabía que sabía. Es la primera vez que lo hago. Supongo que todo es ponerse...

Las Damas formaron un torbellino en torno a Ida, hablando todas a la vez.

—¡Tú no estás en tus cabales! –exclamó Repolluda–. ¿Cómo se te ocurre bajar así!

—No he sido yo... Mi cuerpo lo hacía todo solo... –murmuró Ida, confusa.

—¿Y si te llegas a romper la crisma? –la riñó Dulcimiel–. ¡Nos habría desagradado mucho perder tan tontamente a nuestra salvadora!

—¡Prométenos que no vas a volver a hacer tales locuras! –exigió Pitiminí.

—Pues a mí lo de la percha me ha gustado –dijo tímidamente Mullidita–. ¿Tú crees que podremos repetirlo otro día, Ida?

Nulo y su padre contemplaban la escena desde fuera del corro de las Damas, que impedían el acceso con una muralla de faldas. Nulo apretó la mano de Maese No y empezó a murmurar, como si rezara:

—Es ella. Sé que es ella. Tiene que ser ella... Que sea ella... ¡Dime, padre! ¿Es ella?

En lugar de contestar, Maese No se internó en el corro, sin soltar la mano de Nulo. Las Damas se retiraron a su paso, como cediendo a una autoridad invisible, y padre e hijo quedaron frente a Ida. Maese

No tardó en hablar, y cuando lo hizo su voz sonó extraña, ronca y suave a la vez:

—Veo que sigues siendo una gran artista, Rosina.

Ida tartamudeó, turbada:

—No está en mi carácter llevar la contraria a nadie pero... no soy ninguna de esas cosas que dice. Ni artista... ni Rosina.

—Una vez fuiste Rosina la artista –repuso Maese No–. Puedes volver a serlo si quieres.

Ida sintió que le ardía la cara. Las Damas, que conocían la historia de Rosina por Miaja, cerraron de nuevo el corro para no perderse nada.

—A usted... –a Ida le temblaba un poco la voz–. ¿A usted le gustaría que yo fuera la Rosina esa?

Maese No cerró los ojos antes de contestar.

—Mucho.

Las Damas dieron al unísono un suspiro embelesado. Ida miró intrigada al hombre de los ojos cerrados. Miró a Nulo que, por el contrario, parecía comérsela con sus ojos muy abiertos. Esas dos caras no le decían nada sobre su pasado... pero le daban muchas ganas de vivir su futuro. Sintió un calor muy agradable por dentro. Y unas ganas locas de subir de nuevo a la cuerda y bailar de alegría.

—Creo que a mí también me va a gustar ser Rosina –exclamó al fin.

Sonrió y extendió las manos hacia el hombre y el niño. Pero antes de que sus dedos se rozaran siquiera, ya estaba el Ex Escarlata sacándolos de su ensueño.

—¡Maestro! ¡Espabile! Tiene que hacerse cargo de la expedición de Sombra. ¡Todos le esperan!

Cuando uno es líder, no le queda mucho tiempo para la vida familiar.

Ahora sí, la evacuación iba en serio. Acuciados por el humo, hombres, mujeres y niños se internaban rápidamente en los túneles. Alguien abrió las caballerizas, y caballos y mulas se incorporaron a la marcha ordenadamente, habituados como estaban a la disciplina. Solo Bizco dio la nota, negándose tercamente a entrar en el túnel de

Sombra hasta que no vio pasar a Coz, que tenía los cuartos traseros aún mejor puestos de lo que él recordaba.

Poca gente quedaba ya por salir cuando las Damas, que seguían en medio del patio, reaccionaron:

—¿Qué hacemos aquí pasmadas, mis queridas amigas? –exclamó Pitiminí–. ¡Decidamos pues! ¿Sombra o Quimera?

No necesitaron ponerse de acuerdo: echaron a correr como una sola hacia la boca de Sombra pero, queriendo todas ser la primera, quedaron atascadas en el túnel con sus faldas acampanadas.

—¡Ida! –gritaron entonces–. ¡Ida, mujer! ¡Ven a ayudarnos!

Pero nadie acudió, porque Ida ya no era Ida, así que esta vez tuvieron que apañárselas solas.

TE CUENTO QUE A PALOMA BORDONS...

...además de escribir, lo que más le gusta es dibujar, leer, ver dormir a sus dos hijos y acostarse bien cansada en una cama con las sábanas limpias y frescas. Cuando se recuerda niña –de eso hace unos treinta años– se ve columpiándose en una silla de su habitación. O se columpiaba mucho, o su mente decidió fijar ese momento para la posteridad, vete a saber.

Dice Paloma que se desanima con facilidad y que necesita que los demás le digan que está bien lo que hace. Claro que lo dice con una enorme sonrisa. Y es que a Paloma –como a los personajes que crea– le encanta sonreír y reír. Y todavía más, hacer sonreír y reír. A eso dedica buena parte de su vida y de sus libros, que, según ella, tarda mucho en acabar, "como un ingeniero cuando diseña un puente". Palabras textuales.

Paloma Bordons nació en Madrid en 1964 y ha vivido en Bolivia, Argentina, Suiza y Gran Bretaña. Es licenciada en Ingeniería Técnica Forestal y Filología Hispánica y actualmente se dedica exclusivamente a la literatura. En 2004 la autora ha sido galardonada con el premio Edebé de Literatura Infantil y con El Barco de Vapor por *Sombra*, considerada por ella misma "su novela más ambiciosa".

¿QUIERES LEER MÁS?

SI TE GUSTA DE **SOMBRA** LA ATMÓSFERA MÁGICA DE ESE CASTILLO QUE ES CASI COMO UNA JAULA DE ORO, TE GUSTARÁ TAMBIÉN EL MARCO DE LA CIUDAD ANTIGUA DONDE SE DESARROLLA **EL COLECCIONISTA DE RELOJES EXTRAORDINARIOS**, que narra la carrera contra el tiempo de Jonathan, un adolescente americano que debe salvar a su madrastra, por las calles de una extraña ciudad.

EL COLECCIONISTA DE RELOJES EXTRAORDINARIOS
Laura Gallego García
EL BARCO DE VAPOR SERIE ROJA, N.º 160

SI TE PARECE QUE EN EL CASTILLO DE **SOMBRA** LAS DAMAS TIENEN POCO QUE HACER Y PREFIERES PROTAGONISTAS FEMENINAS MÁS PARECIDAS A MIAJA, QUE ES CAPAZ DE ENFRENTARSE A CUALQUIER DIFICULTAD CON LA CABEZA MUY ALTA, TE ENCANTARÁ **MATILDA HUESOS**, la historia de una chica del Medievo con aptitudes para la medicina.

MATILDA HUESOS
Karen Cushman
EL BARCO DE VAPOR SERIE ROJA, N.º 146

SI POR ENCIMA DE TODO TE VA LA AVENTURA Y TIENES GANAS DE LEER NOVELAS COMO ESTA EN LAS QUE OCURREN MIL COSAS Y NO HAY TIEMPO PARA ABURRIRSE, LÉETE **CRISPÍN: LA CRUZ DE PLOMO**, que describe la relación que se establece entre un chico de clase baja y un juglar trotamundos en la Inglaterra del siglo XIV.

CRISPÍN: LA CRUZ DE PLOMO
Avi
EL BARCO DE VAPOR SERIE ROJA, N.º 156

SI ELIGES LIBROS QUE TIENEN PREMIO PORQUE ASÍ ASEGURAS LA CALIDAD LITERARIA DE LO QUE LEES, NO TE PUEDES PERDER EL PREMIO EL BARCO DE VAPOR DE 2003, **EL COMPLOT DE LAS FLORES**, que cuenta con mucho humor cómo los habitantes de un pueblo perdido consiguen la financiación para asfaltar la carretera que llega hasta allí.

EL COMPLOT DE LAS FLORES
Andrea Ferrari
EL BARCO DE VAPOR SERIE ROJA, N.º 152